DAVID FÜHRT

David Führt lebt mit seiner Familie in Thüringen. Seine literarischen Vorbilder sind Arno Strobel sowie Andreas Gruber.

Bisherige Veröffentlichungen:
Bitter Böser Mann – Niklas Schröder Reihe Buch 1 (Krimi; 2018) Auflage 2; Epubli/Neobooks

Impressum

Texte: © Copyright by David Führt
Margarethenstr. 16
99820 Hörselberg-Hainich
david_fuehrt@mail.de
www.davidfuehrt.de
Mobil: 017634992206

Umschlag: © Copyright by Guter Punkt - Agentur für
Gestaltung und Buchdesign; 80805 München

Satz, Korrektorat und Lektorat: Sabrina & Oliver Walbach
(Schreibservice Walbach)

Herstellung und Verlag:
BoD - Books on Demand, Norderstedt
ISBN 978-3-7528-4052-0

Autorenfoto: Christian Graf

Erste Auflage 2018 auch als E-Book verfügbar.

Dieses Buch kann Szenen physischer oder psychischer Gewalt
enthalten.

ZITAT

„Wenn Sterben menschlich ist,
was ist dann Töten?"

© Dominik Krenner

Für Romy

Die folgenden Geschichten sind reine Fiktion. Sie sind nicht wahr. Sie entspringen weder Fakten noch Gerüchten.
Alle in diesem Buch geschilderten Handlungen, Personen und Behörden sind frei erfunden. Ähnlichkeiten mit lebenden oder verstorbenen Personen wären zufällig und nicht beabsichtigt.

DER SCHLAFWANDLER

Seine Träume sind tödlich

1

Die gesamte Stadt lag in bleierner Finsternis. Lessleborg wurde in der letzten Zeit häufig von Stromausfällen heimgesucht, was die schon bestehende Kriminalität nur noch weiter aufflammen ließ. Tagsüber glich die Stadt einem Schlachtfeld aus zertrümmerten Scheiben längst geschlossener Geschäfte und den Feuertonnen, die mittlerweile in fast jeder Straße, der zum Slum zerfallenen Stadt brannten. Sie, die Menschen, wurden von der Regierung aufgegeben und sich selbst überlassen. Eine Stadt, die sich gänzlich über Drogen, Prostitution und Menschenhandel finanzierte und dann gab es ihn. Yonis, der Mann mit der Tankstelle.

Für die wenigen, die geblieben waren, war dies der einzige Anlaufpunkt. Nur vereinzelt kamen sie tanken, die meisten jedoch, um ihr Herz aus-zuschütten, einfach zu reden. Denn das war das einzige was ihnen geblieben war. Manchmal kauften sie auch einen Kaffee oder eine Zeitung, meist jedoch Alkohol. Doch das würde bald Vergangenheit sein. Nun musste auch er gehen. Seine Existenz aufgeben, sein Lebenswerk zurücklassen. Sein Konto war mittlerweile ausgeblutet, er konnte es sich einfach nicht leisten noch mehr Geld hineinzustecken, um nicht mal eine müde Mark herauszubekommen.

Es war keine zehn Jahre her, da war diese Stadt voller Leben, voller Zuversicht. Doch mit der Zeit geriet Lessleborg ins Hintertreffen. Neue große Metropolen wurden gehypt, sodass andere, kleinere Städte auf der Strecke blieben. Wie würde er sie vermissen. Diese verkümmerten Seelen, die sich an der Hoffnung klammerten, dass es wieder bessere Zeiten für diese Stadt geben würde. Aber Yonis war sich sicher, dass dies nicht passieren würde.

2

Er betrachtete sie eine Weile, so wunderschön, genauso wie am Tag zuvor, als sie vor ihm gestanden hatte, in seinem Laden. Jetzt lag sie vor ihm. Ein schlafender Engel, nur mit dem Unterschied, dass sie nicht schlief. So wunderschön. Sanft strich er über ihr goldblondes Haar. Sie sah wahrlich wie ein Engel aus, ein Engel mit gebrochenen Flügeln, der nie wieder würde fliegen können.

Er hatte keine Schwierigkeiten hierher zu finden, auch wenn er zuvor nicht wusste, wo sie wohnte, sie schien ihn zu sich gerufen zu haben, wie eine Sirene aus einer Sage. Sie hatte ihn zu sich gelockt und jetzt war sie tot. Im Schlaf hatte er ihr eine Tüte über den Kopf gezogen. Niemand hätte sie hören können, wäre sie aufgewacht, und es hatte ihn auch niemand kommen sehen in dieser finsteren Nacht. Die Familie würde trauern, sicherlich. Aber manchmal muss man Opfer bringen und für ihn war es nur eine von vielen Rosen. Leise schloss er die Tür hinter sich und verließ die Wohnung der Fremden. Wie lange würde es dauern bis man sie fand? Vielleicht schon morgen, wenn sie nicht wie gewohnt um 7:00 Uhr auf der Arbeit erscheinen würde? In den letzten sieben Jahren war sie nie krank gewesen oder hatte sonst unentschuldigt gefehlt. Sie war Lehrerin. Man würde schnell nach ihr suchen.

Doch er war längst wieder in seiner Wohnung, nur zwei Blocks entfernt. Die Nacht war bereits vorüber und die ersten Sonnenstrahlen kämpften sich durch die Himmelsdecke hervor.

3

Er wälzte sich im Bett, als ein schrilles Summen den Kampf mit der Decke endgültig beendete. Ihm war, als hätte er die gesamte Nacht nicht geschlafen. Blind tastete er nach dem Ursprung des Störgeräusches.

Wieder eine Nacht, die alles andere war, nur nicht erholsam, und das jetzt bereits seit zwei Wochen. Yonis fühlte sich schwach, einfach elendig. Er zog sich eine Jeans über seinen schlaksigen Körper und machte sich auf in Richtung Badezimmer. Als er einen Blick in den Spiegel warf, realisierte er, dass dies keine gute Idee war. Tiefhängende Augensäcke, blasses Gesicht. Er sah gar nicht gut aus. Vielleicht war es die Trennung von Josie, die er scheinbar schlechter vertrug, als er wahrhaben wollte. Aber genau deshalb musste er dieser Stadt endgültig den Rücken kehren.

Josie war ein unglaubliches Mädchen. Sie war dreihundert Meter vor seiner Tankstelle mit ihrem kleinen Flitzer stehen geblieben. Es hatte sich für ihn wie Schicksal angefühlt, dass sie es nicht mehr zur Säule schaffte. Und die restlichen Meter hatte sie zur Tanke laufen müssen. Mit einem verschmitzten Grinsen hatte sie plötzlich vor ihm gestanden und erzählte von ihrem Missgeschick. Den ganzen Abend hatten sie miteinander verbracht. Sie war nicht aus der Gegend, also hatte Yonis ihr angeboten, dass sie mit zu ihm könnte. Er hatte nicht damit gerechnet, dass sie zusagen würde. Umso schöner fühlte es sich an, als sie tatsächlich abends zusammen einen Film schauten. Doch als er am nächsten Morgen erwachte, war sie fort, fast als wäre sie nie da gewesen, eine Illusion.

Das war jetzt eine Woche her. Doch dieses Mädchen, von dem er nichts weiter wusste als ihren Namen, bekam er nicht mehr aus seinem Kopf.

In einer halben Stunde würde er wieder am Schalter seiner Tankstelle stehen und die gleichen Gesichter wie am Vortag ertragen müssen. Mittlerweile war es sieben Uhr. Er würde es nicht schaffen jetzt noch ausgiebig zu frühstücken. Es würde wohl wieder darauf hinauslaufen, dass er sich einen Snack in der Mikrowelle warmmachen und diesen, zusammen mit einem Instantkaffee verzehren würde.

Eine Viertelstunde später stand er, nach dem richtigen Schlüssel suchend, vor der Tür. Der Zeitungsbote war heute Morgen überpünktlich. Ein ganzer Stapel Tageszeitungen türmte sich neben der Tür auf. Die oberste würde er sich wie immer nehmen. Er nahm den Stoß, nachdem der passende Schlüssel endlich gefunden war und legte ihn an seinen angestammten Platz neben dem Eingangsbereich.

Er positionierte sich hinter der Theke. Neben ihm brodelte der Wasserkocher für den Instantkaffee, welcher noch in der Verpackung, auf seinen Einsatz wartete. Der Blick in die Zeitung verriet selten etwas Gutes. Die Schlagzeile des heutigen Tages enthüllte, dass in diesem Jahr mehr Menschen die Stadt verlassen hatten, um sich in der nächstgrößeren Stadt, welche etwa zwanzig Kilometer entfernt lag, ein neues Leben aufzubauen. Wehmütig seufzte er auf, auch diese Tanke würde in zwei Monaten Geschichte sein. Er ließ den Blick schweifen und blieb an dem Zettel hängen, der die Kundschaft über die bevorstehende Schließung informieren sollte.

4

Vorsichtig schlüpfte er in seine Sneakers. Mit einem dünnen Shirt bekleidet, machte er sich auf den Weg in Richtung Haustür. Der Himmel war sternenklar in dieser Nacht und im Vergleich zu den letzten beiden Nächten hatte es sich deutlich abgekühlt. Lange würde es nicht mehr dauern bis der Winter auf die Stadt hereinbrechen und diese mit voller Wucht treffen würde. Allen voran die vielen Obdachlosen unter den Brücken, Parks und stillgelegten Spielplätzen.

Er steuerte auf ein altes, in die Jahre gekommenes Backsteinhaus aus der Gründerzeit der Stadt zu. Mittlerweile war es kurz nach Mitternacht und auch in diesem Haus schienen alle zu schlafen. Die Innenbeleuchtung war komplett erloschen. Wie bei den meisten Gebäuden hier waren die Fenster vergittert, um etwas mehr Sicherheit vor den Einbrecherbanden zu schaffen.

Einen kurzen Augenblick später wandte er sich von dem Gebäude ab und erblickte seine Einladung. Zielstrebig schritt er auf die Feuerleiter zu. Leise, wie eine Katze, kletterte er auf das Dach des

Einfamilienhauses, um dann durch den Kamin ins Innere zu gelangen. Wie auf Samtpfoten bewegte er sich auf das Schlafzimmer zu, die Rose in seiner Linken. Heute würde er sie auf dem Kopfkissen seiner Auserwählten positionieren. Die Mordwaffe sollte dieses Mal keine Plastiktüte, sondern ein Kissen sein, welches er neben dem Bett des Opfers gefunden hatte. Doch soweit sollte es nicht kommen, denn er stolperte über einen herumliegenden Pantoffel. Ungehalten flüchtete er aus der Wohnung des Opfers, bevor dieses seine Anwesenheit bemerken würde.

Die Rose? Er musste noch einmal zurück in die Höhle des Löwen. Also wartete er einen Moment und hoffte, dass sein Opfer noch immer schlief. Bis jetzt waren nur wenige Minuten vergangen, doch er hatte das Gefühl, dass es eine halbe Ewigkeit war. Er konnte nicht mehr länger warten. Schnellen Schrittes bewegte er sich auf den Kamin zu, um seinen Plan diesmal endgültig zu beenden.

Es dauerte nicht lange, da stand er auch wieder an der Schlafzimmertür. Er hatte Glück, ihre Atmung war ruhig und stetig. Jetzt war er umso vorsichtiger, noch einen weiteren Fehltritt so wie vorhin konnte er sich nicht erlauben. Er nahm das

Kissen vom Boden auf, um seine Tat endlich zu vollenden. Mit einer Erregtheit, die seinen ganzen Körper durchströmte, presste er das Kissen gegen das Gesicht des schlafenden Mädchens. *Du hast es gleich geschafft.* Er verließ den Raum nicht, nicht bevor er sichergestellt hatte, dass sie nie mehr erwachen würde. Danach verließ er das Haus wieder durch den Schornstein und machte sich auf den Weg nach Hause.

Am nächsten Morgen konnte Yonis ein wenig länger liegen bleiben, denn eine gute Freundin übernahm die erste Schicht des Tages in der Tankstelle. Er brühte sich einen Kaffee auf, machte sich eine Schüssel mit Cornflakes und fing an die Tageszeitung zu lesen, die wie jeden Morgen pünktlich um sechs Uhr in den Briefkästen der Abonnenten steckte. Auf dem Titelblatt war groß das Foto einen Tatortes abgedruckt worden. „Sie war noch so jung", dachte er sich, als er die Frau auf dem Bild näher betrachtete. Es war nichts Ungewöhnliches daran, dass Menschen starben, weil sie ein bestimmtes Alter oder zu viele Drogen genommen hatten oder aber sich mit den falschen Leuten einließen, doch dieser Tod, war etwas anderes.

Gegen zehn machte auch er sich auf den Weg Richtung Tankstelle. Dieser Mord an der jungen Frau machte ihn nervös. Sie jetzt tot in der Tageszeitung zu sehen, wo sie vor zwei Tagen noch eine seiner Kundinnen war.

5

Doch auch nach diesem tragischen Tod musste das Leben in Lessleborg weitergehen. Es würde eine Beerdigung geben, so viel stand fest und er würde anwesend sein. Er wusste nicht genau warum oder was er sich davon erhoffte. Es war wohl sein Unterbewusstsein, welches ihn dazu drängte, seinem Opfer die letzte Ehre zu erweisen. Es würden noch einige Tage vergehen bis das genaue Obduktionsergebnis vorlag.

So schrecklich wie der Morgen begann, so grausam und niederschmetternd sollte er auch enden. Denn am Abend wurde der Mord an einer weiteren Frau im Radio bekanntgegeben, eine Verbindung wurde nicht ausgeschlossen. Nun war jeder verdächtig. Was wenn der Mörder sogar des Öfteren seine Tankstelle aufgesucht hatte? Er mochte gar nicht daran denken. Niemand wusste, ob er wieder zuschlagen und wer sein nächstes Opfer sein würde. Noch nie hatte er selbst eine solche Angst verspürt, auch wenn bisher Frauen ermordet wurden, was wenn er sein Muster änderte?

Die nächsten Tage vergingen wie im Flug. Niemand redete mehr über die zwei Morde, die noch nicht einmal vor weniger als einer Woche geschehen waren. Jeder hatte genug mit sich zu tun. Selbst die Zeitung, welche diese zwei schrecklichen Ereignisse erwähnte, war nur an den Verkaufszahlen interessiert und nicht an den Schicksalen der jungen Frauen selbst, erst recht nicht an den trauernden Familien.

6

Es sollten nur noch wenige Tage sein bis Yonis seinen neuen Job in einer neuen, nicht weit entfernten Stadt, anfangen würde. Die Tankstelle, seine Tankstelle, sein Ein und Alles würde er zurücklassen. Seine neue Zukunft spielte sich dann zwanzig Kilometer entfernt, in einem Shop für Presseerzeugnisse und Lotto ab. Einen Nachfolger für seine bisherige Existenz hatte er nicht gefunden und wenn er ehrlich zu sich selbst war, auch nicht gesucht. Es mochte egoistisch klingen, doch er wollte nicht, dass irgendjemand außer ihm diese Tankstelle leitete. Auch heute würde er nur noch wenige Stunden hinter der Theke stehen. Denn er musste seine neue Wohnung, welche sich perfekterweise gleich über dem Zeitschriften-laden befand, fertig einrichten. Er würde all dies hier nicht vermissen. So wurde man halt, wenn man in dieser verkorksten Stadt wohnte, abgestumpft. Gelangweilt wischte er über die Auslage, in denen er verschieden belegte Brötchen und Gebäck anbot. Heute war ein sehr ruhiger Tag und im Inneren war es leer. Draußen, direkt vor der Tür hatten sich drei Halbstarke hingelungert und zischten Bier, welches sie kurz zuvor bei ihm erworben hatten. Er kannte sie gut und wusste genau wann er ihnen keinen Alkohol mehr verkaufen würde. Yonis hatte beobachtet, wie einer der drei, ein junger Mann, der ihn mit seinen roten Haaren und seinem Bart an einen irischen Zwerg erinnerte, nach einer bestimmten Menge Alkohol aggressiv wurde. Aus diesem Grund gab er allen Jungs genau eine Flasche weniger und wenn sie sich beschwerten, drohte er ihnen mit Rausschmiss und Hausverbot. Dann fingen sie an, etwas in ihre Bärte zu murmeln und trollten sich. Auch heute würde es wieder so sein. Langsam mussten sich die Drei einen neuen Laden suchen, in dem sie ihr Zeug bekamen und er wusste genau, das würde ihr Untergang werden. Es könnte sogar bis zu dem schlimmsten Szenario kommen, was er sich gedanklich ausgemalt hatte. Er wusste nicht warum, aber er hatte das Gefühl für die Leute hier verantwortlich zu sein. Eine Art Pflichtgefühl. Als er hochblickte, schaute er in die Augen einer jungen Frau. Sie hatte dunkle freundliche Augen und lächelte ihn an.

„Einmal die Drei bitte", sagte sie und legte ihm einen Fünfzig-Euro-Schein hin.

„Guten Tag", sagte Yonis freundlich. Er hatte sie noch nie hier gesehen. „Lass mich raten? Durchreise?", wollte er wissen. „Fast", sagte sie. „Ich besuche meine Großeltern, die leben hier in der Stadt." „Die Armen", rutsche es ihm raus. Zu seiner Überraschung lachte sie. „Ach, den beiden gefällt es hier. Sie sagen zwar, dass die Stadt ganz schön herunter gewirtschaftet ist, aber naja du weißt ja wie das mit alten Leuten ist. Die hängen ganz schön an der Vergangenheit." Sie zuckte mit den Schultern. „Und wie findest du es hier?", fragte er interessiert." „Es geht, wohnen würde ich hier zwar nicht wollen, aber muss ich ja auch nicht." „Das stimmt. Ich bin übrigens Yonis." Er reichte ihr die Hand. „Und ich bin Cecilia", stellte sie sich nun auch vor. „Wohnen deine Großeltern weit von hier?" Cecilia schüttelte den Kopf. „Es ist quasi um die Ecke. Das Einfamilienhaus unten an der Straße", sagte sie. Und jetzt wusste er, wen er vor sich hatte. Sie war die Enkelin einer seiner Stammkunden, der fast jedes Wochenende herkam, um sich mit seinen Freunden zu betrinken. Sie waren eine Möchtegern-Rockergruppe. Jetzt tat ihm die junge Frau irgendwie leid.

Nun war er froh darüber, dass es heute so ruhig war. Endlich konnte Yonis mal mit jemand

Normalem reden. Das hatte er selten. Wenn die Leute hier nicht aggressiv, betrunken oder zugekifft waren, grenzte das bereits an ein Wunder. Die Vernünftigen kamen nicht an seine Tanke. Sie nahmen lieber einen Umweg in Kauf und tankten mehrere Kilometer weiter südlich. Nur im äußersten Notfall verirrten sie sich hierher. Aber das würde bald sowieso kein Problem mehr sein - zumindest für ihn.

7

Der Regen knallte mit einer unbändigen Wucht auf den Asphalt, seine Kleidung war durchtränkt und doch spürte er keinen einzigen Tropfen. Der Weg zu dem dreistöckigen Gebäude war nicht weit entfernt, aber er sah aus, als wäre er im nächsten Fluss zum Schwimmen gewesen. Die letzten Wochen hatte in der Gegend eine furchtbare Dürre geherrscht, sodass der Regen sehnsüchtig erwartet wurde. Der Starkregen ließ ihn aber nicht vom Weg abkommen. Schnell hatte er sein Ziel erreicht, die Hauseingangstür war schon seit einiger Zeit kaputt. Zumindest stellte das nun kein Hindernis mehr dar. Er stieg die ersten Treppenstufen hinauf. Auf seinem Weg begegnete ihm zum Glück niemand. Der Mann mit der triefendnassen Kleidung und einer Rose in der linken Hand hatte die Wohnung schnell gefunden. Das ältere Ehepaar hatte die letzten zwei Tage mit ihrer Enkeltochter verbracht und war heute in den Urlaub auf den Campingplatz gefahren. Die junge Frau hatte angeboten auf die drei Katzen aufzupassen und die Pflanzen zu gießen, während die beiden nicht da waren. Er wusste, dass es hier Probleme mit Einbrechern gab, da die Hausverwaltung sich querstellte die Schlösser an den Türen auszutauschen. Nach deren Meinung waren die Bewohner selber Schuld, wenn bei ihnen eingebrochen wurde. Eben solch einen Einbruch hatte es vor wenigen Tagen bei den beiden gegeben. Das war auch der Grund gewesen, warum sie eigentlich nicht wegfahren wollten. Die Enkelin konnte sie dann doch noch davon überzeugen, dass sie sich nicht von solchen Menschen den Urlaub versauen lassen sollen. Schließlich hatten sie sich von ihr breitschlagen lassen. Das war ihr Fehler. Für ihn war es ein

Kinderspiel in die Wohnung einzudringen. Etwas streifte sein Bein. Er schenkte der schwarz-weißen Katze keine weitere Beachtung. Vor der Gästezimmertür blieb er regungslos stehen. Leise öffnete er die Tür und erblickte das Mädchen, auf der Seite schlafend. Langsam schritt er auf das Bett zu. Während er die Rose weiterhin fest umschlossen in der Hand hielt, zog er mit der anderen ein Seil aus dem Hosenbund. Der Körper im Bett drehte sich auf die andere Seite, so als bemerkte sie die nahende Bedrohung. Einen Augenblick war er stehen geblieben und hatte innegehalten. Doch der Schlaf hatte sie immer noch übermannt. Das Fenster in diesem Raum ließ so wenig von dem Mondlicht hinein, dass er kaum ahnte, wo er hinlief. Die Dunkelheit schien das Zimmer zu verschlingen. Er stand direkt vor dem Mädchen. Gerade wollte er das Seil um ihren schmalen Hals legen, als die Wohnungstür geöffnet wurde. Abrupt blieb er stehen, verharrte einen kurzen Moment, bis er langsam und geräuschlos das Seil wieder in seine Hose schob. Dann eilte er zum Fenster. Doch es war zu spät! Der Schein einer Taschenlampe blendete ihn und instinktiv hielt er sich die Hände vors Gesicht.

8

Sein Kopf dröhnte als er aufwachte. Die Dämmerung verdrängte die Nacht, es schien also noch ziemlich früh zu sein. Was hatte ihn geweckt? Der Wecker war es nicht gewesen, der würde erst in einer Stunde versuchen, ihn aus dem Schlaf zu reißen. Er fühlte sich wie erschlagen. Yonis riss seinen Blick von der Zimmerdecke und wollte sich gerade zur Seite drehen, als er erschrak. Irgendetwas stimmte nicht. Er brauchte einen Moment bis er realisierte, was ihn so aus der Fassung brachte. Es war das Blut. Er schlug die Bettdecke auf und blickte an sich hinunter. Seine Beine, seine Arme und seine Kleidung waren voll davon. Seine Sneakers, die achtlos neben dem Bett standen, obwohl er sie ganz sicher gestern in der Garderobe im Flur abgestellt hatte, waren ebenfalls verschmutzt. Seine Gedanken suchten nach einer Erklärung. Das Letzte woran er sich erinnerte war, dass er sich gestern Abend wie gewohnt ins Bett gelegt hatte. Wo kam also das ganze Blut her? Yonis konnte sich nicht erinnern. Rasch ging er ins Bad, entkleidete sich und untersuchte vor dem Spiegel seinen Körper. Doch er konnte keine Verletzungen an sich feststellen.

Das ungute Gefühl beherrschte seinen Tag. Auch die Arbeit in der Tanke brachte keine Ablenkung. Er hatte den Morgen damit verbracht, unter der heißen Dusche, Blut von seinem Körper zu waschen. Aber das Entsetzen blieb. Krampfhaft hatte er versucht auch nur eine Erinnerung aufzurufen, doch es wollte ihm nicht gelingen. Noch immer hoffte er, dass alles nur ein böser Traum gewesen war. Nach dem Aufstehen hatte er noch seinen kompletten Bettbezug abgezogen und bei 60 Grad in die Waschmaschine geworfen. Heute schien noch weniger los zu sein als die letzten Tage. Viele hatten sich wahrscheinlich längst etwas anderes gesucht, um an ihren Stoff zu kommen. Er wurde abrupt aus seinen Gedanken gerissen, als ein Gast hereinkam. „Die Fünf und einen Kaffee zum Mitnehmen bitte", sagte der ältere Mann, der ihn mit seinen buschigen Augenbrauen und dem Schnauzer an ein Walross erinnerte. Er nickte. „Das wären 36,50 bitte." Das Walross reichte ihm einen Fünfziger und er gab das Restgeld raus. Während er die Kaffeemaschine zum Laufen brachte und den Becher danebenstellte, begann der Gast eine weitere Unterredung, die ihm das Blut in den Adern gefrieren ließ. „Was hier mittlerweile so passiert...", murmelte er. „Wie meinen sie das?", fragte der Tankstellenbesitzer. Er wusste noch nicht einmal was ihn so beunruhigte. „Ach, bei dem alten Ehepaar unten in der Straße, dem Einfamilienhaus, haben sie letzte Nacht eingebrochen. Haben es aber nicht überlebt. Sind alle mit einem Küchenmesser bearbeitet worden. Auf jeden Fall war nur die Enkelin im Haus und als die heute Früh aufgewacht war, hatte die den Schreck ihres Lebens. Sie hatte sofort die Polizei verständigt, schwört aber felsenfest nichts mit den Morden zu tun zu haben. Sagt, sie hatte Schlaftabletten genommen, da sie unter Schlafstörungen leidet."

9

Erschrocken öffnete sie die Tür, nachdem sie ihn im Spion erkannte. Die Spurensicherung hatte schnell feststellen können, dass ihre Fingerabdrücke nicht auf der Tatwaffe waren und auch sonst waren sie erstaunlich schnell durch gewesen. Sie hatte beschlossen, trotz allem in die Wohnung zurückzukehren und ihren Großeltern erst einmal nichts von diesem Vorfall zu erzählen. Gleich am nächsten Tag hatte sie jemanden kommen lassen, der einen Sicherheitsriegel an der Tür anbaute. Und jetzt stand auch noch dieser Typ von der Tankstelle vor ihrer Tür. Aber sie stellte schnell fest, dass irgendetwas an ihm nicht stimmte. „Was machst du hier?", fragte sie leicht zittrig. Er reagierte nicht gleich. „Ich wollte nach dir sehen." „Diese Stadt ätzt, das ist ja schlimmer als jedes Kaff", sagte sie und rollte mit den Augen. „Mir geht's gut." „Darf ich reinkommen?", fragte er freundlich. Sie zögerte kurz, dann nickte sie. Cecilia schob den Sicherheitsriegel in die Vorrichtung, trat beiseite und machte ihm Platz.

Sie unterhielten sich eine Weile und Yonis gab sich größte Mühe sie in irgendeiner Weise von den jüngsten Geschehnissen abzulenken. Als ihm alle möglichen Einfälle ausgegangen waren, beschlossen sie einen Film zu schauen. Es sollte nicht lange dauern bis seine Augen schwer wurden und er letztendlich einschlief...

Er strich über ihren Kopf. Ihr Haar war so weich und duftete betörend. Die Rose, hatte er in ihre Hand gelegt. Ihre Atmung wurde immer flacher. Er hatte sich, nachdem er sich heimlich ihrer Schlaftabletten bereichert und diese in seine Hose gesteckt hatte, auf Toilette entschuldigt und sie pulverisiert. Sie hatte sich zwar gewundert, warum er solange brauchte, hatte dann aber zum Glück nicht weiter nachgefragt. Um den Gemütszustand ein wenig zu lockern, hatte er beiden jeweils ein Glas Wein eingeschenkt. Bei ihr hatte er aber, in dem Moment, in dem sie noch etwas aus der Küche holte, eine Spezialzutat beigemischt. Jetzt schlief sie und es würde nicht mehr lange dauern, dann würde sie ihre letzten Atemzüge tun.

10

Heute war der Tag der Tage. Der letzte Tag in der Tankstelle. Morgen würde der große Umzug sein. Trotz der Vorfreude schien Yonis heute Früh noch geräderter als sonst. Und zu allem Übel hatte er heute Morgen eine Nachricht von seiner Exfreundin auf dem Handy. Er dachte, dass er ihre Nummer blockiert hätte, umso erstaunter war er über ihre Kontaktaufnahme. Er legte das Handy beiseite, um sich für seinen letzten Arbeitstag zurecht zu machen. Er öffnete seinen Kleider-schrank und stellte erschrocken fest, dass er vergessen hatte sich Hosen zu waschen. Auf der Suche nach einer Hose griff er nach ganz hinten in den Schrank und zog eine heraus, die er bestimmt seit einem Jahr nicht mehr getragen hatte. Beim Herausziehen stieß er gegen etwas. Verwundert griff er nach dem Unbekannten und zog einen Schuhkarton heraus. Er konnte sich nicht daran erinnern, diesen Schuhkarton jemals gesehen zu haben und erst recht nicht, warum er ihn zwischen seinen Klamotten aufbewahren sollte. Sein nächster Gedanke galt der Nachricht seiner Exfreundin. Der Karton gehörte bestimmt ihr.

Neugierig hob er den Deckel ab und blickte noch verdutzter drein... In dem Schuhkarton befanden sich acht Kunstrosen. Warum hatte sie so etwas bei ihm im Schrank verstaut? Er beschloss sie darauf anzusprechen. Yonis hatte wenig Lust auf ihre quatschige Stimme, also antwortete er ihr kurz per Nachricht zurück. „Was willst du? Den Schuhkarton, der bei mir im Schrank steht? Kannste gerne haben, du weißt, dass ich auf so nen Kitsch nicht steh." Er drückte auf *senden*. Dann ging er, gefühlt wie ein Zombie, in seine kleine Singleküche. Er war mittlerweile froh darüber, dass sie nicht zusammen gezogen waren. Und er Trottel wollte sie sogar dazu überreden zu ihm zu ziehen. Gut, dass sie nicht darauf eingegangen war. Vielleicht war sie auch viel zu sehr damit beschäftigt gewesen mit anderen Männern zu ficken. Er hoffte, dass seine Nachfolger kein Kondom benutzt hatten, so wie sie es bei ihm verlangte und sich so irgendeine Seuche einfing. Eigentlich schaffte man es nicht so schnell, sich ihn zum Feind zu machen. Aber diese Frau hatte es geschafft. Das Piepsen seines Telefons riss ihn aus seinen Gedanken. „Was für ein Karton? Nein, der muss dir sein, habe alles mitgenommen, was ich bei dir hatte." Yonis runzelte die Stirn. Der nächste Ton kündigte eine neue Nachricht an „Ich wollte nur wissen, wie es dir geht? Hab gehört, dass du die Tankstelle nun doch aufgibst. Das tut mir leid." Wow, dachte er. Das hatte sie aber schnell mitbekommen. „Mir geht es sehr gut. Ich habe jetzt auch keine Zeit. Hole bitte deinen Karton ab, sonst schmeiß ich den Scheiß weg." Dann goss er sich seinen frisch aufgebrühten Kaffee in eine Tasse. Es würde heute auch keine Rolle spielen, ob er früher oder später öffnete.

11

Yonis wusste, dass es egal war, ob er heute überhaupt die Tankstelle öffnete. Niemand würde mit Abschiedsgeschenken vor der Tür stehen, allenfalls würden sie sich nochmal beschweren, was ihm eigentlich einfiele seinen Laden dicht zu machen. Erneut musste er darüber nachdenken, was Josie ihm heute Morgen geschrieben hatte. Eigentlich hatte er beschlossen sich nicht von ihr einlullen zu lassen und dennoch hatte er zugesagt, als sie nach einem Treffen fragte. Yonis wollte die Zeit bis zum Treffen überbrücken und versuchte sich auf die Arbeit zu konzentrieren. Er hatte die letzten Wochen keine Ware mehr bestellt und die Preise der noch vorhandenen Produkte für eine Tankstelle extrem gesenkt. Er wusste, dass er auch hierbei höchstwahrscheinlich Verluste machen würde. Da er nur knapp über dem Einkaufspreis lag, was hieß, wenn er die ganzen Fixkosten abzog, er mit Sicherheit sogar noch draufzahlen würde. Die nächsten Monate müsste er sowieso damit zubringen, nach und nach den Schuldenberg, der durch die Tankstelle in den letzten Monaten entstanden war, abzubauen. Er blickte sich im Verkaufsraum um. Die Regale waren so gut wie leer. Zwei oder drei alte Kunden kamen noch vorbei und kauften noch die letzten Zigaretten und Alkoholvorräte auf. „Wer macht'n das ab morgen?", fragte einer, doch Yonis schüttelte nur den Kopf. „Keiner", erklärte er. „Ich habe niemanden gefunden, der dieses Risiko eingehen möchte, eine Tanke wie diese weiterzuführen." Er wusste, dass das nicht ganz stimmte, aber was ging das die anderen an. Der Alte hatte nur etwas Unverständliches gemurmelt und war von dannen gezogen.

12

Er hatte noch eine halbe Stunde, bis Josie eintreffen würde. Der Tag in der Tanke hatte ihn, trotz der wenigen Kunden, dennoch geschafft. Zwischen Umzugskartons und allgemeiner Unordnung, die er in den letzten Minuten versuchte in eine einigermaßen vorzeigbare Wohnung zu verwandeln, wartete er auf Josie. Yonis würde es nie zugeben, aber er war doch ein wenig nervös, obwohl er sich eigentlich vorgenommen hatte cool zu bleiben. Das Klingeln an der Tür ließ ihn kurzzeitig orientierungslos werden. Er hetzte zur Tür und verringerte seine Geschwindigkeit, als er dies bemerkte. Yonis wollte schließlich keine falschen Signale senden. Seine Exfreundin sollte nicht glauben, er lud sie ein und dann wäre alles wieder wie früher. Das würde es niemals sein. Er musste sich das in Gedanken rufen, damit er es auch bloß nicht vergaß. „Hey", sagte Josie als er die Tür öffnete, nachdem er noch zwei Minuten davor gewartet hatte. „Hi", räusperte er sich „Komm doch rein. Achte bitte nicht auf das Chaos, wie du weißt..." Er ließ den Satz in der Luft hängen. Natürlich wusste sie es. „Danke", sagte sie und ging an ihm vorbei in die Wohnung. „So schlimm ist es nicht", sagte sie und Yonis ärgerte sich, dass ihm das mehr bedeutete als ihm lieb ist. „Können wir nochmal in Ruhe reden?", fragte sie hoffnungsvoll.

Und dann saßen sie sich gegenüber, in einem Wohnzimmer, das vollgestellt war mit Kartons und redeten. Sprachen über die Vergangenheit. Josie bedauerte was sie getan hatte. Sie bereue es ihn so verletzt zu haben und meinte, dass sie ihn sogar vermisse. Letztendlich landeten sie doch wieder im Bett.

Im Schlaf wurde Yonis von Albträumen geplagt. Er sah Josie, gefesselt an einen Stuhl, am Kopf hatte sie eine Platzwunde, ängstlich starrte sie ihn an. Ihr Mund war geknebelt mit einem dünnen Schal. „Du sollst leiden, büßen für das was du mir angetan hast", sagte er und wunderte sich selber über seine Art zu sprechen. Josie versuchte zu schreien, aber es kamen nur erstickte Laute raus. Sanft strich er über ihren Nacken, ihren Hals. Erst jetzt bemerkte er die Schere in seiner Hand. Seine Hand ging zu ihrem weichen Haar, er wickelte es um seine Finger, bevor er die Schere nahm und allmählich die Haare der jungen Frau abschnitt.

Tränen rannen über ihr Gesicht, sie ahnte, dass das noch nicht das Schlimmste gewesen war. Nachdem der Boden zu ihren Füßen mit dem dunklen Haar bedeckt war, betrachtete er die Schere in seiner Hand. Er fasste ihr zwischen die Beine, drückte ihre Knie auseinander und blickte erst sie und dann den Gegenstand in seiner Hand an. Nun war es schreckliche Gewissheit was er vorhatte, sie hoffte es würde schnell gehen, aber sie zweifelte stark daran, dass er ihr einen sanften Tod wünschte. Sie mobilisierte ihre letzten Kraftreserven. Ihr Schädel brummte, ihr tat alles weh. Sie wusste, dass es vielleicht das Dümmste war, was sie tun könnte, doch was hatte sie schon zu verlieren? Töten würde er sie sowieso. Dann trat sie zu und schrie dabei so laut wie es ihr möglich war. Er stolperte nach hinten und stieß gegen den Couchtisch.

13

Der Schock saß tief als er feststellte, dass das alles kein Traum war. Josie saß immer noch vor ihm. Gefesselt und geknebelt. Angsterfüllt starrte sie ihn an. Er wusste nicht was er sagen sollte, vor allem als er die Rose sah, die er auf den Tisch gelegt haben musste. „Josie..." Seine Stimme versagte. „Es tut mir..."

Was war passiert? Er erinnerte sich an das Blut, mit dem er nur wenige Tage zuvor erwacht war und plötzlich ergab alles einen Sinn. Einen grausamen und erschreckenden Sinn. Tränen verschleierten seinen Blick. Langsam griff er zum Telefon. „Es tut mir so wahnsinnig leid." Die Polizeileitstelle meldete sich am anderen Ende. „Ich möchte mich selber anzeigen. Ich habe die Frauen getötet und eine Rose hinterlassen. Ich habe auch die Männer getötet, die in dem Haus eingebrochen sind. Und ich habe meine Exfreundin misshandelt." Er nahm nur entfernt war, was der Mann am anderen Ende der Leitung sagte...

DAS HAUS AM SEE

*Du kannst **sie** nicht sehen*

1

Der Weg in Richtung *Mountain View Nationalpark* war alles andere als gut ausgebaut. Obwohl täglich Massen an Menschen die Idylle, die Ruhe, diese Natürlichkeit genießen wollten, hatte die Nationalparkverwaltung bis jetzt keinen Cent in die Erneuerung der Wege investiert.

Gale, Miles und Robert befanden sich unter den Leuten, die die klapprige Holzbrücke aus den Achtzigern, und somit den *Mountain View River* überquerten. Es war kaum zu glauben, dass bis jetzt noch keiner der Touristen von den hungrigen Wellen verschlungen wurde. Der Gedanke, dass in diesem riesigen Gelände Geschehnisse totgeschwiegen wurden und immer noch werden, war nicht von der Hand zu weisen. Der Mord im Haus am See, welcher vor dreißig Jahren inmitten des heutigen Nationalparks stattgefunden hatte, wurde wie einige weitere, nie aufgeklärt. Die damaligen Ermittler gaben nur wenige Informationen an die

Presse weiter, was letztlich dazu führte, dass er von niemandem mehr erwähnt wurde. Die Gräueltat geriet in Vergessenheit. Drei Menschen verloren an diesem Tag ihr Leben. Suzan sowie deren zwei Kinder Mary und James. Damals erzählte man sich, dass sie regelrecht hingerichtet wurden. Der Exmann von Suzan und der Vater der Kinder wurde schnell zum Hauptverdächtigen. Doch die Tat nachweisen konnte man ihm nie. Die Hütte selbst wurde fünf Jahre nach der Tat und mit Gründung des Nationalparks abgerissen. Ein Mahnmal aus Steinen und Ästen steht heute an diesem Unglücksort.

2

Bepackt mit Rucksäcken und Zelten ging die Truppe noch einige Kilometer. Das Campen war in diesem Terrain strengstens verboten und dennoch kam es nur allzu oft vor, dass sich die Reste von Lagerfeuern sowie die Hinterlassen-schaften von leeren Getränkedosen vorfinden ließen.

„Können wir eine Pause machen?", meinte einer der Jungen, der auf den Namen Gale hörte und aus einem kleinen Dorf, nur drei Meilen vom Nationalpark entfernt, wohnte.

Gale hatte ein unverkennbares Äußeres, weshalb er auch scherzhaft als Sams bezeichnet wurde, was nicht zuletzt an seinem lockigen roten Haar und einer Vielzahl an Sommersprossen lag. Die anderen beiden, Robert und Miles, kamen aus einem Nachbardorf. Sie alle besuchten die gleiche Schule und machten auch sonst fast alles gemeinsam.

Sie fingen an, ihre Zelte in der Nähe einer Höhle aufzuschlagen und diese mit dem restlichen Equipment aus ihren Taschen zu füllen. Gale bekam die Aufgabe das Feuerholz für das Lagerfeuer zu sammeln, während sich die anderen beiden darum kümmerten, die selbst zusammengeschweißte Feuerschale zu platzieren, damit diese am Abend eingeweiht werden konnte.

Die Dämmerung setzte bereits ein, als Gale mit einem Arm voll trockenem Holz auftauchte. „Wo warst du solange?", fragte Robert genervt. Die Temperatur war bereits um einige Grad gesunken und die kleine Gruppe, in ihren dünnen Shirts und kurzen Hosen, fing bereits zu frieren an.

Für die Nacht waren Temperaturen im einstelligen Bereich angekündigt worden.

Es verging noch einige Zeit bis die Feuerschale ihren Zweck erfüllte und die Flammen loderten. Gemeinsam saßen sie um die Feuerstelle verteilt und das monotone Knacken der Äste wirkte beruhigend.

„Wer möchte eine Geschichte hören?", fragte Miles. Schweigen war die Antwort auf seine Frage. Doch davon ließ Miles sich nicht irritieren. Mit einer verstellten und tiefer gelegten Stimme fing er an zu erzählen:

„Alles beginnt mit einem immer stärker aufkeimenden Wind, der jegliche Feuerquelle erlöschen lässt. In der tiefsten Dunkelheit erwachen die Kreaturen der Nacht. Viel wird über sie berichtet, doch niemand hat sie jemals zu Gesicht bekommen. Man erzählt sich, sie seien die verlorenen Seelen derer, die in diesem Wald auf qualvolle Weise ihr Leben verloren. Nacht für Nacht kehren die Kreaturen in erschreckenden Antlitzen zurück. Sie finden keine Ruhe… bis jemand für ihren Tod bezahlt."

Gale und Robert wagten kaum zu atmen. Ihre Gesichter waren in einer Art Schockstarre. Schnell suchten sie Erleichterung in der sie einzig umgebenen Lichtquelle. Mittlerweile war der Himmel tiefschwarz und nicht ein Stern war durch die dichten Baumwipfel zu erkennen. Die Jungen krochen mit einem Gefühl aus Müdigkeit und Unbehagen in ihre Zelte. Das Feuer hatten sie selbst mit Wasser gelöscht.

3

(1981)

Die kleine Hütte am See war eher spärlich eingerichtet, lediglich der Holzboden in einer warmen Farbe sorgte für etwas Gemütlichkeit. Doch selbst dieses kleine bisschen Atmosphäre war vor IHM gewichen.

Suzan, die Mutter, sollte zuerst dran glauben. Er hatte sie ohne weiteres vor den Augen ihrer zwei Kinder überwältigt, sie mit Kabelbindern gefesselt und mit einem Lappen im Mund geknebelt, der ihre Schreie überdeckte. Dann schickte er die beiden Kinder ins benachbarte Zimmer. Als die Kinder in diesem verschwunden waren, griff er beherzt zum Hammer und dann zum Messer.

Nachdem er sein Tun beendet hatte, verließ er die Hütte und verschwand für immer.

Zwanzig Jahre nach dieser grausamen Tat und einem neuen Sheriff wurde der Fall neu aufgerollt.

4

Die Nacht lag über dem kompletten Areal des Nationalparks. Ein Starkregen, gefolgt von einem heftigen Unwetter, bestehend aus Blitzen und Stürmen, setzte ein.

Die Zelte der jungen Camper bogen sich unter der Last der Wassermassen und schienen an der Grenze ihrer Belastung. Nachdem der Sturm weiter an Geschwindigkeit zulegte und die Bäume sich im orkanartigen Wind neigten, verließen einer nach dem anderen sein Zelt, um sich in die angrenzende Höhle zu retten.

Bis auf die Haut durchnässt, aber unbeschadet, erreichten sie den Unterschlupf, der ihnen Sicherheit bot. Um etwas zu verschnaufen, lehnten sie sich an eine Höhlenwand.

„Schaut mal", meinte Gale und zeigte auf ein altes Handy, welches nur wenige Meter vom Höhleneingang entfernt lag. Miles sprang auf und nahm das Gerät an sich.

„Wollen wir doch mal schauen, ob dieser Knochen noch funktioniert", wollte Miles wissen. Willkürlich betätigte er die Knöpfe der Tastatur. Nichts geschah.

„Bestimmt ist der Akku leer", meinte er schließlich gelangweilt und warf es zurück in die Richtung, wo Gale es entdeckt hatte.

5

(1981)

Sie kamen an diesen Ort, um sich vor dem gewalttätigen Ehemann und Vater der beiden Kinder zu schützen. Immer und immer wieder. Hier sollte er sie nicht suchen, und hier sollte er sie nicht finden. Weder Suzan noch die Kinder konnten sich daran erinnern, wie oft sie diesen Ort schon aufgesucht, geschweige denn, wie sie ihn überhaupt gefunden hatten. Es muss wohl eines Nachts gewesen sein, als Marc mal wieder volltrunken nach Hause kam und er sich nur wenig später an ihr vergriff. Sie konnte nicht mehr. Sie hielt es nicht mehr länger aus. Jedes Mal schlug er sie beinahe krankenhausreif. Sie hatte keine andere Wahl, als mit Mary und James zu fliehen. Und das, bevor er die naheliegende Kneipe verlassen würde.

6

Mit einem Kopfschütteln bewegte sich Robert auf das lädierte Gerät zu und hob es auf. Es schien, als hätte der letzte Sturz ihm den Rest gegeben. Die Tastatur klaffte vom übrigen Korpus ab. Er hörte wie Miles sich im Hintergrund über ihn lustig machte. „Kannst dir kein eigenes kaufen?", fragte er scherzhaft.

Robert richtete seinen Körper auf und drehte sich seinen Freuden entgegen.

In diesem Augenblick überkam sie das Gefühl von Entsetzen und Ratlosigkeit. Denn das Handy, welches laut Gale nicht mehr funktionierte, begann zu vibrieren.

„Unmöglich", meinte Robert und blieb wie ver-
steinert stehen. Er drehte sich dem Mobiltelefon
zu, um sich zu vergewissern, dass das Geräusch
auch wirklich vom Handy ausging. Tatsächlich.
Das Handy vibrierte und drehte sich dabei wie von
Geisterhand geführt im Kreis. Er hob das Gerät auf
und nahm das Gespräch entgegen.

7

(1981)

Wie sollte sie es den beiden erklären, dass sie vor
ihrem Vater fliehen würden? Und sei es nur für
eine bestimmte Zeit.
Sie ging ins Kinderzimmer, welches genauso
lieblos wie der Rest des Hauses eingerichtet war.
ER hatte es so gewollt. Umso unfreundlicher die
Einrichtung wirkte, desto weniger Besuch würde
man empfangen müssen. So seine Theorie. Er
wäre auch mit seiner Familie in einen Wohnwagen
gezogen, wenn Suzan nicht eingegriffen hätte. Ihr
Widersetzen bezahlte sie mit einem blauen
Auge, einer Platzwunde am Kopf und einem
gebrochenen Nasenbein.

Nur wenige Jahre später musste sie den langen und kräftezehrenden Kampf gegen den Krebs beenden. Sie nahm ihre Kinder und erzählte ihnen, dass sie eine Überraschung für Papa vorbereiten würden, noch bevor dieser wieder zu Hause eintreffen würde. Mary und James stellten keine weiteren Fragen und folgten beanstandungslos ihrer Mutter. Der Weg war sehr beschwerlich. Raus aus dem bekannten Ort, hinein ins wilde, unberührte Grün. Suzan würde abwarten bis es Morgen war und dann zurückkehren.

8

Die Stimme am anderen Ende war schlecht zu verstehen, doch es reichte, um dem Jungen einen schockierenden Ausdruck ins Gesicht zu zeichnen. Das Gespräch dauerte weniger als dreißig Sekunden, doch es sollte ausreichen. Die anderen schauten neugierig drein und wollten sofort wissen, wer oder was die Stimme am anderen Ende der Leitung gesagt hatte. Robert blieb stumm. Miles und Gale sahen sich verstört an. Angst erfüllte sie und ließ sie zittern.

9

(1981)

Immer tiefer führte sie ihr Weg in den heutigen *Mountain View Nationalpark*, bis sie auf eine kleine Forsthütte stießen. Für Suzan war es, als hätte Gott ihr und den beiden Kindern ein Zeichen gesandt. Sie wurde in christlichen Werten aufgezogen und suchte regelmäßig die Kirche auf. Sie liebte den Duft von Weihrauch und Myrrhe, die Schönheit des Gotteshauses, die Orgeltöne und das Zusammensein in der Gemeinde. Dies änderte sich schlagartig als sie auf ihren Mann traf. Seitdem waren zehn Jahre vergangen. Die ersten Jahre ihrer Beziehung verliefen wie in ein Bilderbuch. Kleine kindliche und liebevolle Neckereien wurden abgelöst von größeren Streitereien, die in häuslicher Gewalt endeten.

10

Seit dem mysteriösen Anruf war eine Stunde verstrichen. Sechzig Minuten, in der Robert noch immer an derselben Stelle kauerte und nichts sagte. Sein versteinertes Gesicht ließ nur erahnen, was der Anrufer gesagt haben könnte.

Gale ging in Richtung Höhleneingang, um nachzusehen, ob sich das Unwetter gelegt hatte. In diesem Moment sprang Robert blitzartig auf und versuchte Gale von seinem Vorhaben ab-zubringen. Mit der ganzen Kraft, die sein schmächtiger Körper hergab, klammerte er sich an seinen Freund. Gale wurde allmählich sauer und versuchte seinen scheinbar verrückt gewordenen Kumpel loszuwerden. Beide Jungen fielen bei der Aktion auf den steinigen Boden der Höhle. „Sag mal spinnst du jetzt völlig?", brüllte Miles ihn an. Er hatte neben den beiden gestanden.

11

(1981)

Die Hütte war etwas heruntergekommen und roch modrig, doch für eine Nacht sollte sie völlig ausreichend sein. Der Marsch hatte nicht nur an Mary und James gezerrt. Die nackten Füße der Kinder waren vom Waldboden gezeichnet. Niemand sprach ein Wort. Suzan nahm ihre Liebsten in beide Arme und hielt sie für einige Minuten fest gedrückt. Morgen früh würden sie zurückkehren. Und ihr Ehemann würde vielleicht, nachdem er seinen Rausch ausgeschlafen hatte, vergessen haben, dass sie jemals weg waren.

Suzan fand eine alte schmutzige Decke, womit sie sich und die beiden Kleinen einwickelte. Nun lagen alle drei auf dem Holzboden der Hütte, wie ein Schmetterling in einem Kokon. Die Augen fielen ihnen nach kurzer Zeit vor Erschöpfung zu.

12

Gale rappelte sich auf und warf einen finsteren Blick zu Robert, der noch immer benommen auf dem Boden der Höhle lag, und verließ diese. Der Regen hatte nachgelassen und auch der Sturm hatte sich mittlerweile abgeschwächt. Er machte sich auf den Weg in Richtung der Zelte, um zu schauen, ob noch etwas von dem, was die drei mitgenommen hatten, brauchbar war.

Doch die meisten Gegenstände waren durch den Starkregen durchnässt und nicht mehr verwendbar. Einzig die Vorräte, die sich die drei Freunde vor Beginn der Tour beschafft hatten, konnten gerettet werden. Nach etwa einer halben Stunde kehrte Robert in die Höhle und damit zu den beiden anderen zurück.

„Und?", fragte Miles. „Konntest du noch etwas Brauchbares finden?"

„Nur unseren Proviant", murmelte Gale leise. „Die Zelte sind im Eimer, wir werden wohl oder übel die nächsten Nächte in der Höhle verbringen müssen." An Robert gerichtet fragte Miles: „Erklärst du uns jetzt mal, was das mit dem Telefon war, wer hat angerufen? Und vor allem WAS hat die Person gesagt, dass du so verbissen vor uns verschweigen willst?" Robert kniff die Lippen zusammen.

„Ist doch egal", knurrte er verärgert.

„Sag halt was gesagt wurde, wir sind keine Babys!", meinte Gale genervt.

„Ich weiß nicht, wie lange das so weitergehen kann. Vielleicht sollten wir abbrechen", schlug Miles vor.

„Kommt gar nicht in Frage", antwortete Gale mit scharfer Zunge. „Wir wollten vier Tage campen, das ziehen wir durch."

Erschöpften Schrittes schlurfte Robert an den beiden vorbei, um in den hinteren Teil des Höhlenkomplexes zu verschwinden. Er hüllte sich weiter in Schweigen.

„Wir werden uns jetzt schlafen legen und morgen früh sehen wir weiter", beschloss Miles für alle. Er und Gale blickten auf den harten Boden der Höhle und beschlossen, auf ihren feuchten Jacken zu nächtigen.

13

Mit dem Aufgang der Sonne über dem *Mountain View Nationalpark*, endete auch die kurze Nacht.

Suzan hatte kaum ein Auge zugetan. Die Angst, dass ihren Kindern, die sie über alles liebte, etwas passieren könnte, ließ nur einen leichten Dämmerschlaf zu.

Gemeinsam verließen sie die Hütte genauso, wie sie sie vorgefunden hatten und traten den Heimweg an. Sie prägte sich diesen Weg genauestens ein, da es bestimmt nicht das letzte Mal war, dass sie hier mit den Kindern Zuflucht suchen würde.

Die beiden Kinder sprachen seit ihrer Flucht von zu Hause kaum ein Wort. Mit ihren jungen Jahren mussten sie bereits so viel durchmachen und das tat ihr leid. Gerne hätte sie ihren Kindern eine unbeschwerte Kindheit ermöglicht, die andere in ihrem Alter genossen, aber das Schicksal hatte anderes mit der jungen Familie vor.

14

Gale war schon sehr früh munter und nutze die Gelegenheit, um nachzuschauen wer gestern Robert die Sprache verschlagen hatte. Doch das Handy hatte sich mittlerweile gänzlich verabschiedet und ging nun gar nicht mehr an. Leise fluchend, um seine Kumpels nicht zu wecken, legte er es wieder hin.

Er hatte sich vorgenommen heute den Ort aufzusuchen, an dem vor über dreißig Jahren alles begann. Seine Freunde hatten ihm unmissverständlich klar gemacht, dass er diese Reise allein würde antreten müssen.

„Solche Feiglinge", brummte Gale in seinen nicht vorhandenen Bart. Er wartete gar nicht erst ab bis seine beiden Freunde wach waren. Vielleicht würde er zurück sein, ehe sie erwachten.

Der Weg zum Mahnmal dauerte zu Fuß eine halbe Stunde. Ohne Kompass konnte man ganz schnell von der Route abkommen und in einem anderen, noch unberührteren Teil des Areals landen, welcher für Besucher nicht zugänglich war. Und das aus einem guten Grund!

Nun stand Gale vor einer Weggabelung und damit vor einem Problem. Die Schilder, die eigentlich die Richtung weisen sollten, waren aufgrund ihres Alters und der Witterung kaum noch lesbar. Er folgte seinem Instinkt und bog nach links ab.

15

(1981)

Es sollte nicht mehr lange dauern, bis hinter den letzten Bäumen das Dorf mit seinem markanten Kirchenturm zu sehen war.

„Wir sind wieder da", flüsterte Suzan ihren Kindern zu. Ein Gefühl aus Angst und Ungewissheit machte sich in ihr breit. *Was wenn er noch immer nicht nüchtern war, wenn sie mit den beiden Kindern nach Hause kam? Hatte er bemerkt, dass sie abgehauen waren? Oder war er so vom Alkohol benebelt gewesen, dass er rein gar nichts bemerkt hatte?*

Vorsichtig öffnete sie die Haustür und spähte durch einen kleinen Schlitz ins Innere. Niemand zu sehen. Nun öffnete Sie die Tür komplett und betrat mit Mary und James das Haus.

Suzan entdeckte ihn im Wohnzimmer auf dem Sofa liegend. Er musste gleich eingeschlafen sein, denn er trug noch das selbe Outfit wie am Vortag. Leise machten sie kehrt. Suzan zog den Kindern frische Kleidung an und brachte sie in den naheliegenden Kindergarten, auch um ihnen möglichen weiteren Ärger zu ersparen. Die Beutel hatte sie schon am Tag zuvor mit Essen, Trinken und etwas zu spielen bestückt.

16

Er ging den Weg, welchen er für den richtigen hielt, weiter und weiter. Es sollte nicht mehr allzu lange dauern, als er auf einmal eine große Lichtung betrat, auf der unweit eine alte marode Forsthütte stand. „Sie muss wohl einem der Ranger gehören", dachte sich Gale und ging gedankenverloren weiter. Der Weg wurde allmählich schmaler und immer beschwerlicher. *Sollte er sich doch verlaufen haben?*
Er würde es sich selbst niemals eingestehen, dafür war er viel zu stolz. Mit einem beklemmenden Gefühl folgte er dem schmalen Pfand bis an sein

Ende. Ein großer See lag vor seinen Füßen den er nicht, ohne zu ertrinken, überqueren konnte.

17

(1981)

In den folgenden Nächten sollte sich das Schauspiel wiederholen. Nacht für Nacht verschwand Suzan mit ihren Kindern in den Tiefen des Waldes, um in der Forsthütte Schutz zu suchen. Sie wusste, dass es keine Dauerlösung sein konnte, doch momentan fiel ihr nichts Besseres ein.

Diese eine Nacht sollte anders sein als die Nächte zuvor. Sie wusste nicht was es war, doch es fühlte sich merkwürdig, fast beklemmend an.

Es raschelte, oder war es nur Einbildung? Sie hatte zu viel Angst, die Tür zu öffnen, um sich zu überzeugen, dass es nur der Wind war, der ihr einen Schauer durch den Körper laufen ließ. In Gedanken wiederholte sie es immer wieder:

Es ist nur der Wind, der die Blätter der angrenzenden Bäume durchstreift.

Die Kinder schliefen schon, doch für Suzan, deren Adrenalinpegel das Maximum erreicht hatte, war an Schlaf nicht zu denken. Nicht in dieser Nacht.

18

An den seichten Ufern des Sees thronten die Schilfkolben majestätisch. Man könnte meinen sie wollten ihren See vor Eindringlingen schützen, was ihnen an der einen oder anderen Stelle auch ziemlich gut gelungen war. Gale musste einsehen, dass es hier für ihn definitiv nicht weiterging. Er wollte gerade umkehren, als ihn ein Schlag am Hinterkopf traf. Er sackte bewusstlos zusammen. Er konnte nicht mehr erkennen wer oder was ihn erwischt hatte, dafür ging es einfach zu schnell. Der Fremde packte Gale am regungslosen Körper und zog ihn in Richtung Ufer. Er würde ihn jeden Augenblick im See versenken.

„Natur zu Natur", sagte der Unbekannte, als er den Jungen ins Wasser schickte. Danach wandte er sich ab und überließ ihn seinem Schicksal.

19

(1981)

Wieder raschelte es vor der Hütte, diesmal länger und lauter als noch beim letzten Mal. Regungslos saß sie auf dem hölzernen Boden. Kreidebleich. Ihre Kehle fühlte sich vor Angst wie zugeschnürt an. Das Pumpen ihres Herzens dröhnte ihr im Kopf. Sie starrte auf die Tür, welche sich zu öffnen schien. Sie versuchte zu schreien, doch kein einziger Laut kam ihr über die zerbissenen Lippen. Sie saß in der Falle. Suzan blickte zu ihren Kindern. Sie schliefen tief und fest. Der Spalt in der Tür wurde langsam größer doch sie konnte niemanden erkennen. Im nächsten Moment flog die Tür komplett auf, ein lauter Knall ertönte. Durch das ohrenbetäubende Geräusch wurden auch die Kinder wach, dann ging alles ganz schnell und schon war es vorbei.

20

Eine unheimliche Ruhe lag über dem *Mountain View Nationalpark.*

Miles war mittlerweile auch auf den Beinen und stellte fest, dass Gale schon aufgebrochen sein musste. Robert wachte kurze Zeit später nach ihm auf und schaute diesen irritiert an. Er schien sich beruhigt zu haben, zumindest brachte er wieder vollständige Sätze zusammen. Auch wenn Miles gern gewusst hätte, was der unbekannte Anrufer Robert am Telefon mittgeteilt hatte, sprach er ihn nicht darauf an. Sein Magen knurrte und er schaute nach, ob noch etwas von dem Proviant übrig war. Doch der Inhalt der Brotbüchse war enttäuschend, bis auf Obstschalen war rein gar nichts mehr darin.

„Robert, wenn du möchtest kannst du hier bleiben", sagte Miles. „Ich werde jetzt erst einmal nach Essen für uns suchen."

Energisch raffte sich Robert auf und folgte Miles zum Ausgang der Höhle.

21

Gales lebloser Körper schwamm seicht auf dem See des *Mountain View Nationalpark*. Die ersten gefiederten Besucher ließen sich neugierig nieder, zupften kurz an seiner mit Wasser durchdrängten Kleidung, dann verschwanden sie wieder. Sie würden woanders nach Futter suchen müssen. Niemand hätte Gale einen solchen Tod gewünscht, auch wenn er oft vorlaut war. Er war noch so jung, ein Teenager. Seine besten Freunde, so viel stand fest, würden nicht ohne ihn zurückkehren. Ob tot oder lebendig. Den anderen sollte es eine Warnung sein. Niemand sollte sich seinem Heim nähern. Niemand!

22

Miles und Robert waren dabei Beeren zu sammeln, damit sie überhaupt etwas in den Magen bekamen. Auch wenn die Beute eher dürftig ausfiel, war es doch besser als nichts. Sie kehrten in die Höhle zurück, aßen ihre Ausbeute und fragten sich, was wohl daheim passierte. Würde man sie bereits vermissen?

Sie hatten sich zwar alle drei für die nächsten Tage bei ihren Eltern abgemeldet, doch ihnen nicht verraten, wo sie wirklich sein würden. Niemand hätte diesem Vorhaben zugestimmt.

23

Nachdem der halbe Tag verstrichen war und Gale noch immer nicht zu seinen Freunden in die Höhle zurückgekehrt war, machte sich Miles langsam Sorgen. „Ich warte nicht länger, ich werde Gale suchen". Er sah zu Robert, der ihm nickend zustimmte. Beide machten sich auf dem Weg in den Teil des Nationalparks, den sie bisher nicht betreten hatten. Sie kamen an der Weggabelung vorbei und hatten fast den See und damit die Stelle erreicht, an der sie Gale finden würden, als sie eine andere Begegnung machten. Ein Mann um die sechzig, mit ungepflegtem Äußeren, stand vor ihnen. Er schien im Nationalpark zu hausen. Der Mann versuchte den beiden Jungen irgendetwas mitzuteilen, doch er war ziemlich schlecht zu verstehen. Sie sollten mitkommen, ihm folgen und genau das taten sie. Es dauerte nur wenige Minuten, als alle drei in einer gemütlichen Höhle angekommen waren. Sein Zuhause. Er sah etwas verstörend aus mit seinen schulterlangen grauen Haaren und seinem knochigen Körperbau. Er versuchte Miles und Robert zu erklären, was mit Gale passiert war und warum er sterben musste. Denn seit dem Vorfall, welcher sich vor dreißig Jahren unweit vom See ereignet hatte, durfte sich kein Fremder diesem Ort nähern. Gale war diesem Ort zu nahe gekommen. Doch sie würden nicht ohne ihn zurückkehren, das hatten sie sich damals versprochen. Sein lebloser Körper trieb nicht mehr auf dem See, nein, er hatte ihn mitgenommen und bei sich aufbewahrt. Als Miles und Robert den leblosen Körper ihres Freundes sahen, schossen ihnen Tränen in die Augen. Der Alte bezeichnete es als Fluch, der seit dem Tag vor dreißig Jahren herrschte. Doch Miles und seinem Freund war es egal, denn was für sie zählte, war die Tatsache, dass ihr bester Freund dran glauben musste.

24

(1981)

Die Gerüchte im Ort wurden immer lauter. Schon seit geraumer Zeit wurden Suzan und ihre Kinder nicht mehr gesehen. Die erste Vermutung war gewesen, dass sie mit ihren zwei Kleinkindern das Weite gesucht hatte, denn dass der Mann seine Frau und Kinder im betrunkenen Zustand misshandelte, war ein offenes Geheimnis. Alle wussten davon, doch niemand unternahm etwas dagegen. Der Mann hatte einige Tage nach dem Verschwinden seiner Familie die Polizei verständigt. Nicht, weil er sich Sorgen um sie machte. Er hoffte, dass man sie finden würde, damit sein dummes Weib und die missratenen Kinder ihre verdiente Strafe bekamen. Vor den ermittelnden Beamten gab er den liebenden Ehemann, dafür hatte er sogar länger als 24 Stunden nichts mehr getrunken. Dies alles, um seiner Rolle gerecht zu werden und das schien zu funktionieren.

Eine Hundestaffel durchkämmte vier Tage lang das naheliegende Waldgebiet, bis sie die traurige Gewissheit hatten, dass Suzan und ihre zwei Kleinen grausam ermordet wurden. Doch der Täter blieb unentdeckt.

25

Zu zweit rafften sie den leblosen Körper von Gale auf und schleppten diesen unter Tränen zurück zum Dorf. Ihre Sachen waren zweitrangig, wichtiger war es für Miles und Robert, ihren Freund nach Hause zu seiner Familie zu bringen und dieser die ganze Geschichte zu erzählen.

Der alte Mann sah ihnen hinterher. *Hätte der Junge sich doch einfach von seinem Gebiet ferngehalten... Er wollte es eben nicht anders haben, so wie auch seine ungehorsame Frau und die kleinen Gören damals dran glauben mussten.*

DAS APARTMENT

PROLOG

1 B stand in violettem Neonlicht an der Hauswand des Viergeschossers. Es war das *Heartbreak Hotel*. Der Name des Hotels sprach für sich. Hierher kamen ausschließlich Japaner, die sich vergnügen wollten. Sei es mit der eigenen Ehefrau oder mit einer Affäre. Niemanden interessierte es, was in den anderen Apartments des Hotels passierte und was nicht. Jeder blieb im *Heartbreak Hotel* anonym und wollte das auch. Genau das war es, was dieses Hotel auszeichnete.

1

Die Inserate, welche die Seiten der Tageszeitung
füllten, waren mal wieder vielversprechend. Viele
suchten nach festen und ernsthaften Beziehungen,
andere nur nach schnellem Sex. Jeder sollte hier,
in einer Stadt mit mehr als neun Millionen
Einwohnern, auf seine Kosten kommen. TOKIO.
Eine Stadt wie ein Taubenschlag. Eine Stadt die
vierundzwanzig Stunden lebte.

Rizu Chiba war vierunddreißig Jahre alt, attraktiv
und arbeitete für eine Anwaltskanzlei. Eine feste
Beziehung suchte die junge Frau derzeit nicht.
Eher den Spaß mit Männern, als Ausgleich zu
ihrem stressigen Job mit den Klienten.
Sie war eine der vielen treuen Abonnentinnen der
Tageszeitung und saugte die Annoncen der
scheinbar sexhungrigen Männer und Frauen auf.
Konzentriert las sie die heutigen Anzeigen.
Plötzlich blieb ihr linker Zeigefinger auf einem der
Inserate liegen. Vielleicht lag es an der Art der
Ausdrucksweise, möglicherweise aber auch an
dem englischen Namen des Anzeigengebers:

Lass dich diese Nacht einfach fallen.
Tom Fuller; Chiffre: 2409495

Ein Inserat, welches alles sagte und nichts versprach. Die junge Frau war entschlossen, noch am selben Tag Kontakt mit diesem ominösen Mr. Fuller aufzunehmen.

2

Der nächste Morgen begann früh für Rizu Chiba. Der Gerichtstermin des Mannes stand bevor, der mit seinen Freunden mehrere Frauen in einem Bus misshandelt haben sollte. Der Vorfall hatte für hohes Aufsehen in der Weltmetropole gesorgt. Internationale Medienvertreter sowie zahlreiche Frauenrechtler wurden zum Prozessauftakt erwartet. Als Pflichtverteidigerin war es ihre Aufgabe, ihre Klienten zu verteidigen. Egal, ob sie den Fall gewinnen oder verlieren würde, eines stand mit Sicherheit nach diesem Termin fest... Ihr Gesicht hatte sie verloren. Dabei sollte die taffe Frau eigentlich einen anderen Mandanten der Kanzlei, in einem nicht minderschweren Fall vertreten. Jedoch sollte nur eineinhalb Wochen vor Prozessbeginn alles anders kommen. Ihr Anwaltskollege erlitt einen schweren Autounfall und lag seitdem im Koma.

3

Sie hatte ihr Vorhaben umgesetzt, sich mit dem ihr Unbekannten zu treffen, und auf die Chiffre-Annonce reagiert. Es sollte nicht lange dauern, bis Rizu eine Antwort erhielt. Diese Antwort überraschte sie. Sie war anders als jene, die sie sonst von den Männern bekam, mit denen sich Rizu auf einen Quickie traf. Auf dem abgegriffenen Papier standen in krakeliger Schrift die Abfahrtszeiten der Metro und die Haltestelle, an der sie sich mit dem Unbekannten treffen sollte. Angst hatte sie keine, warum auch. Bisher war doch immer alles gut gegangen. Man traf sich, hatte schnellen, wenn auch nicht immer guten Sex und ging wieder getrennte Wege. Ihr letztes Treffen war bereits eine gefühlte Ewigkeit her. Es war nichts Besonderes gewesen. Der ersehnte Kick, auf den sie sehnsüchtig gehofft hatte, blieb aus. 0-8-15, Standard, langweilig, kein Höhepunkt. Rein, raus fertig. Dabei würde sie so gern experimentieren, etwas anderes, neues ausprobieren. Vielleicht war das einfach zu viel verlangt.

4

Sie wusste, dass zwischen dem heutigen Tag und dem Termin vor Gericht nur noch drei weitere lagen. Rizu versuchte sich nichts anmerken zu lassen, weder im Kreise ihrer Familie, noch in der Kanzlei. Innerlich war sie ein seelisches Wrack. Ihr Verlangen ihn zu treffen war zwischenzeitlich ins Unermessliche gestiegen. Am liebsten wäre es ihr noch vor Prozessbeginn. Am besten noch heute Abend. Der Blick auf ihre, aus Kunstleder geflochtene Armbanduhr verriet ihr, dass es nur noch ein paar Stunden bis zum wohlverdienten Feierabend waren. Mit den Fingern ihrer linken Hand klopfte sie ungeduldig auf ihren Schreibtisch, während sie wieder und wieder die Unterlagen zum Schauprozess durchging.

5

Splitterfasernackt saß sie auf einem Stuhl. Mit Ketten und Bändern fest fixiert. Die junge Frau würde es aus eigener Kraft nicht schaffen, sich aus dieser misslichen Lage zu befreien. Nicht ohne zu sterben. Ihre makellose Haut war mittlerweile von unzähligen Nadelstichen gezeichnet. Selbst das vormals wunderschöne Gesicht war kaum noch wiederzuerkennen. Blut drang aus jeder einzelnen Pore ihres noch so jungen Körpers. Sie hatte keine Ahnung, wie lange sie schon so in dieser Stellung verweilen musste, geschweige denn, wer hinter diesem Martyrium steckte. Dass es eine Frau sein musste, das hatte sie durch Telefongespräche belauschen können.

6

Rizu war kaum wiederzuerkennen. Nachdem die junge Frau die Kanzlei verließ, packte sie die Shoppinglaune. Ein Outfit für das Treffen mit dem mysteriösen Unbekannten musste her. Sie spürte, dass es anders sein würde, als all die anderen

Treffen, für die sie nicht ihr halbes Monatsgehalt in diversen Dessous-Geschäften und Boutiquen lassen würde.

Gegen einundzwanzig Uhr kehrte sie zu Hause ein. Die Hände voll mit Einkaufstaschen und einem Strahlen auf dem Gesicht.

7

Am nächsten Morgen rannte sie in Richtung *Roppongi Hills Mori Tower*, ein Wolkenkratzer, in dem die Anwaltskanzlei ihren Sitz hatte. Mr. Kokawa, der Chef der Kanzlei, wartete schon ungeduldig in Rizus Büro auf deren Eintreffen. Sie erkannte schon beim Eintreten seine tief-hängenden Augensäcke und seinen finsteren Gesichtsausdruck. Er war sauer. Stocksauer. „Wo waren Sie?", fragte er Rizu und deutete dabei provokant auf seine Rolex.

„Ich… ich…", geriet die angestellte Anwältin ins Stottern. Ihr Blick senkte sich. Er wandte sich kommentarlos von ihr ab und verließ das Büro, nicht aber, ohne die Tür mit einem ohren-betäubenden Knall hinter sich zuzuschlagen.

Rizu konnte es ihm nicht verdenken. Sie hatte verschlafen und das, obwohl in weniger als zwei Tagen der Prozess begann über den alle redeten. Unzählige Male war sie alle Unterlagen und Szenen durchgegangen. Immer und immer wieder. Im nächsten Moment brach sie in Tränen aus. Der stetige Druck und insbesondere das mediale Interesse an dem Fall strapazierten ihre Nerven. Rizu war völlig am Ende. Sie war sich mittlerweile nicht einmal mehr sicher, ob sie vor Gericht überhaupt ein Wort rausbekam.

8

Endlich war der ersehnte Abend gekommen. Nach einem richtig beschissenen Arbeitstag führte der Weg Rizu zunächst nach Hause in ihre kleine Wohnung, wo sie sich schon auf eine heiße Dusche freute, um sich in Stimmung zu bringen. Als sie die Haustür hinter sich geschlossen hatte, ließ sie die abgetragenen Klamotten von ihrem zierlichen Körper gleiten und empfing kurz darauf den Wasserstrahl auf ihrem Körper. Zärtlich wusch und liebkoste sie ihren Tempel des Seins. Es brachte ihr die nötige Entspannung nach diesem anstrengenden Arbeitstag. Ein kurzer Blick auf die Badezimmertür verriet ihr, dass sie noch genügend Zeit hatte, sich den nötigen Feinschliff zu verpassen. Schnell packte sie den Inhalt ihrer Einkaufstaschen aufs Bett, um jedes Teil vor dem Spiegel anzuprobieren. Sie musste perfekt aussehen, das hatte sie sich vorgenommen. Es verging noch einmal gut eine Stunde, bis Rizu das passende Outfit gefunden und für tauglich erklärt hatte. Jetzt konnte der Abend, IHR Abend beginnen.

9

Die U-Bahn-Haltestation *Akasaka-mitsuke* lag nur wenige Meter von ihrer Wohnung entfernt. Nach wenigen Minuten erreichte Rizu den Fahrkartenautomaten. Außer ihr waren nur eine Handvoll Menschen im Wartebereich der Metro-Station. Wenig später saß sie schon in der U-Bahn Richtung Ginza, wo ihr Date schon auf die Reisende wartete. Am Zielbahnhof angekommen, schaute sich Rizu nach einem Mann mit englischen Wurzeln um. *Wo ist er?* Sie hätte ihn auch angerufen, wenn sie seine Nummer gehabt hätte. „Er ist zu spät und das beim ersten Treffen! Auf die Erklärung bin ich gespannt", murmelte Rizu leise. Zielstrebig steuerte sie auf den Ausgang zu. Dort angekommen, konnte sie niemanden erblicken, der sie erwarten würde. Rizu machte auf dem Absatz kehrt und stand vor einem Mann.

Doch auch der Unbekannte wusste nicht, wie Rizu aussah. Er enttarnte sie an ihrem suchenden Blick. Sie musste die Richtige sein.

Er reichte ihr seine Hand und sie erwiderte zögerlich die Geste. Als er ihren Namen aussprach, wurde sie zunehmend nervös. Er sah anders aus, als sie sich ihn vorgestellt hatte. Beim genaueren Betrachten kam er ihr sogar ziemlich bekannt vor. *Oh mein Gott*, dachte sie ohne es laut auszusprechen. Angstschweiß bildete sich auf ihrer Stirn. Tom Fuller war in Wirklichkeit Tsuneharu Sangi. Der Mann, mit dem sie in wenigen Stunden an ihrer Seite vor Gericht stehen würde. Er musste es sein! Die Narbe unter seinem linken Auge war unverkennbar. Warum er nicht bis zum Prozessbeginn in U-Haft saß, konnte sie sich nicht erklären.

10

Sie wusste nicht, was sie in diesen Moment tun sollte. Doch das musste sie auch nicht. Er deutete mit seinem Zeigefinger auf ihre Lippen. „Sag kein Wort." Sie wusste, wenn sie versuchen würde zu fliehen, dass er sie ohne weiteres überwältigen konnte. Er packte sie mit einem starken Griff am Unterarm. Gemeinsam verließen sie die Metro. Vorbei an zahlreichen Straßenzügen bogen sie zuletzt nach links ab. Vor Rizu erhob sich ein Hotel. Es war eines dieser typisch billigen Absteigen und sie sollte heute Abend sein Flittchen sein. Die langen Flure im Inneren wurden mit grellem violetten Neonlicht ausgeleuchtet. Es war unverkennbar, dass die letzten Jahre kein Geld mehr ins *Heartbreak* geflossen war.

An der Zimmernummer 491 angekommen, gab Tsuneharu der Tür einen kräftigen Tritt. Er schien sich in dem Hotel bestens auszukennen.

11

Das Interieur des Apartments deutete an, dass es nicht dafür gedacht war, dort für längere Zeit zu verweilen.

Gleich nachdem beide das Zimmer betreten hatten, betätigte Tsuneharu den Lichtschalter und ver-riegelte die Tür. Er schubste Rizu unsanft auf das mittig aufgestellte Bett und setzte sich neben sie. Von nahem erkannte sie, dass das Laken schon seit längerer Zeit nicht mehr gewechselt worden war. Es roch nach Schweiß und war übersäht von Flecken, deren Herkunft sie sich lieber nicht vorstellen wollte. Rizu wünschte sich, dass Tsuneharu das Licht wieder ausschalten würde.

„So, Rizu, nun darfst du reden."

Doch sie brachte kein Wort über ihre Lippen. Die Angst und Abscheu in ihren Augen beunruhigte ihn keineswegs.

„Ich habe mich dir noch gar nicht vorgestellt", sagte er mit schelmischem Blick und sein Mund verzog sich zu einem unheimlichen Grinsen.

„Tom Fuller, doch du darfst mich gern Tom nennen."

Tom griff nach ihrer Hand, doch Rizu entzog sich ihm, noch bevor es zu einer Berührung kam. Sie wollte nicht von ihm angefasst werden. Der Gedanke, dass er sie zum Sex zwingen würde, ließ ihr die Galle in den Rachen steigen. Sie und ihr Klient, der Massenvergewaltiger. Noch immer sagte sie kein Wort. Stattdessen beobachtete Rizu jede seiner Bewegungen eindringlich. In seiner Jackentasche schien Tsuneharu etwas zu suchen. Es raschelte und kurz darauf zog er eine Pillenpackung hervor. Rizus Blick verharrte auf dem Blister. Sie ahnte bereits, was er als nächstes mit ihr vorhatte.

Vorsichtig nahm er eine der Pillen aus ihrer Halterung und führte sie zu ihrem Mund. Jede Gegenwehr war zwecklos, das hatte sie bereits erkannt. Ohne den Blick von seinen trüben Augen zu nehmen, öffnete sie ihren Mund. Brav schluckte sie die Pille hinunter. Binnen Sekunden wurde ihr schummrig und kurz darauf sah sie nichts mehr als Schwärze.

12

Als Rizu das nächste Mal die Augen aufschlug, brauchte sie einige Zeit, um sich in Erinnerung zu rufen, was letzte Nacht geschehen war. Sie war allein in dem Zimmer. Doch es war nicht das Bett und auch nicht das Apartment von letzter Nacht. Es war ihr Schlafzimmer, in ihrer Wohnung und ihr Bett in dem sie lag. Rizu schaute nach rechts und sah auf dem Nachtischschränkchen mehrere umgefallene Pillendosen. Dann sah sie an sich herunter. Sie war nackt. Nackt und ausgezerrt lag sie auf ihrer Tagesdecke. Langsam ließ sie ihre Hand an ihre Scham gleiten um sie zu befühlen. *Sollte alles nur Einbildung gewesen sein? Das ist nicht möglich! Sie hat sie doch gesehen... die Narbe. Sie... sie hat ihn doch gesehen!*
Es blieb ihr nicht viel Zeit sich über die letzte Nacht Gedanken zu machen. Ein gezielter Blick auf ihren Radiowecker verriet ihr, dass sie sich beeilen sollte, wenn sie nicht wieder zu spät auf der Arbeit erscheinen wollte. Die Angst und Ungewissheit von vergangener Nacht steckte ihr noch immer tief in den Knochen und würde sich auch nicht so schnell verflüchtigen.

13

Auf der Arbeit angekommen - es war der letzte Ort an dem sie jetzt eigentlich sein wollte - lag ein Brief auf ihrem Schreibtisch. Neugierig wie sie war, öffnete sie den Umschlag umgehend.

Danke, für letzte Nacht. Das sollten wir wiederholen. In Liebe, Mr. Fuller

Ein eiskalter Schauer lief ihr über den Rücken. *Das konnte nicht sein. Wie sollte der Brief hierhergekommen sein? Was war wirklich letzte Nacht geschehen?*
Rizu war sich absolut unsicher, was geschehen war und was nicht. Sie konnte den Fall nicht abgeben, *NICHT JETZT*, wo dieser doch in wenigen Stunden vor Gericht verhandelt werden würde. Sie versuchte sich zusammenzureißen und sich nichts anmerken zu lassen. *Was, wenn ein Freund von ihm hier in dieser Kanzlei arbeitete?* Mittlerweile vertraute sie niemanden mehr, weder ihren Kollegen, noch ihrem eigenen Verstand.
Bis zum Prozessbeginn blieben ihr noch ein paar Stunden. Sorgfältig kramte sie in ihrer Handtasche, um Hinweise für den gestrigen Abend zu

finden. Sie dachte dabei an das Ticket für die Metro oder sonst irgendetwas, an das sie sich klammern konnte. Aus Verzweiflung kippte sie kurzer Hand den kompletten Tascheninhalt auf ihren Schreibtisch. Außer einem Lippenpflegestift, Taschentüchern, Kaugummis, ihrer Geldbörse und diversen Tabletten in Blister-Packungen war nichts enthalten. Kein Fahrschein und damit auch kein Hinweis auf letzte Nacht. Ihr Blick fiel wieder auf den Brief.

14

Der erste Verhandlungstag sollte für Rizu und ihren Klienten um 14 Uhr beginnen. Schon Stunden vorher hatten Journalisten aus China, den USA und Europa ihre Sendebusse in der Nähe des Schauplatzes geparkt und warteten schon ungeduldig auf den Angeklagten und seine Pflichtverteidigerin.

„Sie sind wie die Hyänen", meinte ihr Chef in einem abfälligen Unterton zu ihr, als er ihr den Fall übergab. „Versuchen Sie sie zu ignorieren und ihnen keine weitere Munition zu liefern. Dieser

Prozess wird weltweit ausgestrahlt und Ihr Gesicht wird überall zu sehen sein."

Mit einer großzügigen Sonnenbrille bewaffnet, die ihren Gesichtsausdruck zumindest teilweise vor der gierigen Schar beschützen sollte, betrat Rizu das Gerichtsgebäude. In ihm waren keine Journalisten zugelassen, was hier niemanden in Trauer versetze.

Gerade als Rizu die Sonnenbrille abnahm, wurde Tsuneharu Sangi, dessen Hände in Handschellen fixiert waren, eingeführt. In Begleitung der Sicherheitsbeamten ging er ganz nah an ihr vorbei. Sein Oberarm berührte ihren Busen. Sein Blick suchte den ihren, dabei kam sein Gesicht ihrem immer näher. Sie konnte seinen Atem spüren. Leise hauchte er in ihr Ohr: „Danke für letzte Nacht." Dann wandte er sich ab.

„Was haben Sie gerade zu mir gesagt?", fragte Rizu und versuchte dabei die Fassung zu halten. Der Angeklagte drehte sich zu ihr um, schaute sie sichtlich irritiert an und erwiderte auf ihre Frage: „Ich habe kein Wort gesagt." Dann ging er in die entgegengesetzte Richtung weiter.

Hintergrundinformation

Die Frage nach der wahren Geschichte des
Schlafwandlers ist eine sehr berechtigte.
Sie scheint weit hergeholt.
Doch schaut man sich die Fälle von den beiden
Schlafwandlern Kenneth Parks und Brian Thomas an,
erkennt man, nichts ist unmöglich!

Brian Thomas, chronischer Schlafwandler, erwürgte
des Nachts, geplagt von Alpträumen, seine Ehefrau -
angeblich ohne zu merken, was er tat. Selbst die
Staatsanwaltschaft hält ihn für unschuldig.

Kenneth Parks, ein 23-jähriger Student
im Jahre 1987, stieg gegen 3:30 Uhr ins Auto
und fuhr 23 Kilometer zu seinem Opfer.

Beide wurden wegen Unzurechnungsfähigkeit
freigesprochen.

Quellen: https://de.wikipedia.org/wiki/Kenneth_Parks
www.spiegel.de/panorama/justiz/ehefrau-erwuergt-schlafwandler-
kommt-straffrei-davon-a-662484.html

BITTER BÖSER MANN

Ein Fall für Niklas Schröder

Bestellbar bei
Amazon, Weltbild und Hugendubel
Als E-Book und Taschenbuch
ISBN: 9783746707778

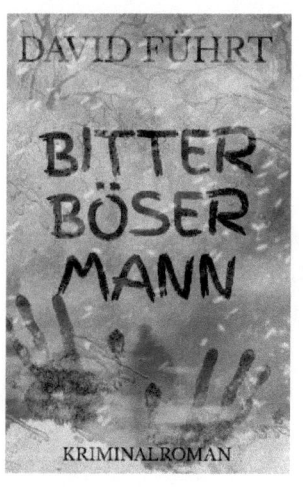

LESEPROBE

Prolog

Nach wochenlanger Ermittlungsarbeit hatte das Team um den Leipziger Top-Ermittler Niklas Schröder den Mann gefasst, der unzählige Frauen auf dem Gewissen hat. Er wurde für immer weggesperrt. Nur nicht, und dies war der einzige Wermutstropfen, hinter Gefängnisgitter, sondern in eine geschlossene Anstalt.

Ungeduldig blickte Schröder auf seine Armbanduhr. Er befand sich gerade auf einer Pressekonferenz, welche mit großem medialem Interesse verfolgt wurde. Sein Unmut über die Behandlung eines Menschen, der eine ganze Stadt in Atem gehalten hatte, war unschwer an seinem Gesicht abzulesen. Er schien in den letzten Wochen um Jahre gealtert zu sein. Seine Falten schienen tiefer, die Augenringe dunkler und sichtbarer. Betitelten ihn Pressevertreter vor wenigen Wochen noch als total unfähig, wurden er und sein Team nun hochgelobt.

„Wissen Sie, in Deutschland gibt es eine Presse- und Meinungsfreiheit, das ist einerseits gut, doch andererseits möchte ich an so manchem Morgen gar nicht erst das Haus verlassen, da ich auf dem Weg Richtung Revier unweigerlich die Tageszeitung in die Hand gedrückt bekomme. Ich bin jedes Mal erleichtert, wenn es mal nicht um mich und mein kompetentes Team geht. Dabei gibt es doch bestimmt andere - interessantere - Dinge, über die man berichten könnte, um die Seiten voll zu bekommen."

Ein Raunen ging durch die Menge. Von der euphorischen Atmosphäre war nun nichts mehr zu spüren. Eine junge Frau, schätzungsweise dreißig Jahre alt, stand auf. Dabei fielen ihre langen haselnussbraunen Haare über ihre Schultern. Eine Brille mit einem viel zu dicken Rand, die unweigerlich an einen Fensterrahmen erinnerte, zierte ihr schmales und ebenes Gesicht. Die junge Frau stach kaum aus der Menge hervor, was vielleicht auch an ihren einen Meter siebenundfünfzig liegen mochte, mit denen sie kleiner war, als der Durchschnitt der in Deutschland lebenden Frauen. An der Brust der Journalistin baumelte ein Anhänger mit dem Aufdruck „Leipziger Tageskurier".

„Haben Sie eine Ahnung, wieso die Tageszeitungen über die Arbeit Ihres Teams so negativ berichteten?", wollte sie wissen, doch Schröder reagierte nicht.

„Also nicht", kommentierte sie sein Stillschweigen.

„Als Frau hat man es so schon nicht leicht, vor allem nicht in einer Metropole wie Leipzig es ist, und wenn man dann noch erfährt, dass über Wochen ein Vergewaltiger unterwegs ist und die Polizei viel zu lange braucht, um diesen endlich dingfest zu machen, ist es doch klar, dass wir beginnen negativ über Sie zu berich..."

In einem etwas zu energischen Tonfall unterbrach er den Redeschwall der jungen Journalistin.

„Junge Frau, wir geben tagtäglich unser Bestes! Wir sorgen dafür, dass man in Leipzig sicherer leben kann, als in so manch anderer Stadt in unserem Land. Wir wissen, wie wir unsere Arbeit zu machen haben. Es ist klar, dass so ein brisanter Fall, wie wir ihn jetzt hatten, auch mit vielen Emotionen verbunden war, Angst, Wut und Hass, womöglich zu gleichen Teilen. Angst, weil es uns nicht schnell genug gelang, den Mann zu fassen. Wut und Hass auf die Justiz, weil wir uns eben nun mal in unserem Rechtsstaat an gewisse Richtlinien zu halten haben! Wir können nicht einfach durch die Stadt spazieren und jeden, der uns auch nur ein bisschen verdächtig vorkommt, festnehmen. In solchen Fällen ist es wichtig mit Bedacht vorzugehen. Über Wochen haben wir Beweise zusammengesucht und als wir genug gegen ihn in der Hand hatten, konnten wir handeln. Wir werden von Familien der Opfer aufgesucht und beschuldigt, dass nichts geschieht. Ich kann Ihnen versichern, dass wir auf Hochtouren gearbeitet haben. Auch uns hat es geärgert, dass wir diesen Menschen nicht schnell genug stellen konnten. Und dann kommen Sie und Ihre Pressekollegen und leckt euch eure gierigen Finger nach einer Story, um Verkaufszahlen zu machen und dabei die Masse aufzuheizen. Haben Sie sonst noch etwas auf dem Herzen?"

„Nein, danke. Ich habe keine weiteren Fragen", erklärte die Journalistin, ließ sich auf den unbequemen Stuhl hinter sich fallen und sehnte das Ende dieser Konferenz herbei. Sie hatte das Gefühl, lange nicht mehr eine solche Demütigung erfahren zu haben. Wenig später kam ein anderer Polizist auf sie zu. Sein rotes Haar war so lang, dass der Pony einen Teil seiner Augen verdeckte.

„Guten Tag Frau Sommer, mein Name ist Thomas Engel."

„Guten Tag", sagte sie.

„Nehmen Sie meinen Chef nicht so ernst. Er ärgert sich nur, dass man uns damals so einen Druck gemacht hatte. Außerdem haben wir, wie sie sicher gehört haben, nun einen ähnlichen Fall, und da liegen bei ihm verständlicherweise die Nerven blank. Aber ich bin eigentlich gekommen, um Sie etwas anderes zu fragen. Ich finde Sie sympathisch und wollte wissen, ob Sie Lust hätten mit mir etwas essen zu gehen?"

Nina schüttelte den Kopf. „Ich bin vergeben, tut mir leid."

„Das ist sehr schade, darf ich Ihnen trotzdem meine Nummer geben?"

Sie zuckte lustlos mit ihren Schultern. Dennoch tauschten sie die Nummern aus und Thomas Engel verabschiedete sich.

2 Stunden später

Nina Sommer war auf dem Weg ins Hotel Seehof, um ihren Freund auf der Arbeit zu besuchen. Er war der Grund, warum sie einem kleinen Kaff den Rücken gekehrt hatte und in die Messestadt gezogen war. Seit nunmehr einem Jahr arbeitete und lebte die Journalistin hier, doch wenn sich die Möglichkeit ergab, stattete sie ihrer alten Heimat einen Besuch ab. Es war nicht einmal zehn Minuten her, dass ihr Smartphone in ihrer Tasche geklingelt hatte. Basti, ihr Lebensgefährte, wollte sich nach seiner Schicht mit ihr am Hotel treffen. Er drückste herum und wollte ihr nicht mitteilen, warum gerade dort. Sie hätten sich doch spätestens am Abend gesehen. Sonst war der Mann, mit dem sie ihre Zukunft verbringen wollte, nicht so geheimnisvoll.

Basti ahnte nicht, dass Nina sowieso auf dem Weg zu ihm gewesen war, um einfach nur mit ihm zu reden. Sie brauchte seine Nähe nach solchen Tagen, Tage, die einfach nur beschissen liefen. Er schaffte es immer wieder, sie aufzubauen. Er gab ihr Kraft. Austeilen, das war schon immer die Stärke der taffen Brünetten, einstecken dafür umso weniger.

Am Hotel angekommen, sah Nina den jungen blonden Mann schon am Eingang des Gebäudes stehen. Ein wenig Enttäuschung machte sich in ihr breit. Sie wusste es war albern, aber sie hatte die Hoffnung gehabt, dass der Grund, wieso er so spontan um ein Treffen bat, der war, ihr endlich eine Frage zu stellen, auf die sie schon seit gefühlten Ewigkeiten wartete. Doch nach seiner gewöhnlichen Kleidung zu urteilen, würde es heute nicht den ersehnten Heiratsantrag geben. Die beiden waren bereits zwei Jahre zusammen gewesen, als sie sich entschloss, nach Leipzig zu ziehen.

Sie liefen ein Stück Richtung Zwenkauer See, der nur einen Katzensprung von Bastis Arbeitsplatz entfernt war. Dort hatte er ihr damals auf einem Fest seine Liebe gestanden. Sie war für einen kleinen Artikel des Tagesblattes in Leipzig unterwegs gewesen und lernte in einem Café den sympathischen Basti kennen. Für sie wäre es das Schönste, wenn er ihr genau hier die lang ersehnte Frage stellen würde. Seine nervöse Art ließ in ihr erneute Hoffnung entflammen. Den gesamten Weg war er, untypisch für ihn, seltsam still.

„Hast du irgendwas?", wollte sie wissen, als er sich weiter in Schweigen hüllte. Er seufzte und blickte an ihr vorbei in die Ferne.

„Also, ich...", begann er. Ninas Herz schlug ihr bis zum Hals. Sollte es nun wirklich wahr werden?

Nervös scharrte er mit seinen ausgeblichenen roten Sneakers ein paar Steine umher. Er mied ihren Blick.

„Was ist denn? Du weißt du kannst mir alles sagen", versuchte die junge Frau es erneut. Er schloss die Augen.

„Ich kann das nicht mehr", nuschelte er.

Verwirrt blickte sie ihn an. „Was kannst du nicht mehr? Mensch, lass dir doch nicht alles aus der Nase ziehen."

„Ich möchte nicht mehr mit dir zusammen sein. Ich denke schon seit einigen Wochen darüber nach", gestand er, doch sie hatte schon abgeschaltet als er sagte, dass es aus sei.

Natürlich war Nina bitter enttäuscht und würde dies auch noch die nächsten Tage sicherlich sein. Auch wollte sie den Grund für das plötzliche Beziehungsaus nicht hören. Sie rannte wenige Sekunden, nachdem er die Worte ausgesprochen hatte, die ihr Herz in Milliarden Scherben zersplitterten, weinend zurück in Richtung Hotel, wo sie ihr Auto abgestellt hatte. Sie konnte die Tränen nicht mehr zurückhalten. Je mehr die bittere Wahrheit in ihr Hirn drang, umso schwerer wurde ihr Herz und die Enttäuschung über seine Worte. Ihre Schritte beschleunigten sich, die letzten Meter rannte sie zum Hotelparkplatz. Sie wollte nur noch eins und das war nach Hause ins Bett. Sich einmummeln und die ganze Welt hassen.

Zu Hause angekommen, bemerkte sie gegenüber dem Block, in dem sie wohnte, ein für sie unbekanntes Auto, einen weißen Seat Ibiza. Sollen das schon die neuen Nachbarn sein, fragte sie sich, während sie sich der Hauseingangstür zuwendete. Mit zittrigen Händen versuchte sie ihren Schlüssel in das Schloss zu führen. Es war schon ziemlich unwirklich, wie sich von der einen zur anderen Sekunde dein ganzes Leben verändern konnte. Gerade wenn du glaubst, dass du genau weißt, wie sich dein Leben entwickeln würde. Und man selber steht nur daneben und kann zuschauen. Jetzt hatte sie nur noch ihren Beruf, einen Job, für den sie ihre Freunde links liegen ließ, sich nie Zeit für sie genommen hatte. Es war schon sehr verwunderlich, dass die Beziehung unter den Umständen so lange halten konnte. Sie war durchaus als Workaholic zu bezeichnen. In der Redaktion war sie morgens meist die Erste und spätabends die Letzte, die das Gebäude verließ. Basti hatte sich damit arrangiert. Klar hatte es ein paar kleine Streits gegeben, weil sie so viel arbeitete, aber am Ende hatte er es doch immer verstanden. Auch deswegen kam das Beziehungsaus für sie umso heftiger. Oder hatte er einfach nur gehofft, dass sich Nina irgendwann änderte? Schließlich wollte er ja früher oder später Kinder mit der hübschen Journalistin. Im Gegensatz zu ihr, für die das Thema ein rotes Tuch war. War es mit ihrem Beruf doch nicht vereinbar.

Kapitel 1
2005

Alles begann an einem Sommerabend. Ihre Familie war bei Tante und Onkel zum Grillen eingeladen. Auch der Freund Ihres Vaters, mit dem sich das Mädchen sehr gut verstand, war dabei. Die beiden besaßen einen kleinen gemütlichen Schrebergarten, nicht weit von der eigentlichen Wohnung entfernt. Die Rostbrätel und Bratwürste dufteten lecker und die Salate luden zum Verzehr ein. Aus dem alten Funkradio, welches sich in einem Holzgehäuse befand, ertönte Musik und alle hatten ihren Spaß. Sie war damals noch ein Kind, und während die Erwachsenen sich bei eisgekühlten Getränken unterhielten, versank sie in ihre ganz eigene Welt. Eine Welt voller Fantasie, die nur ein Kind verstehen konnte. Sie konnte sich dem stundenlang hingeben und alles sein was sie wollte, es gab keine Grenzen. Für Erwachsene war es oft faszinierend, was in den Köpfen ihrer Schützlinge vorging.

„Sie ist seit dem letzten Mal aber wieder ganz schön gewachsen", bemerkte die Tante ihrer Schwester gegenüber.

„Ja", meinte diese lächelnd. „Kaum zu glauben, dass sie schon seit einem Jahr in die Schule geht."

„Eh du dich versiehst, ist sie erwachsen und zieht aus", sagte sie lachend.

„Und wie macht sie sich in der Schule?", wollte der Kumpel ihres Vaters wissen, sie nannte ihn immer beim Spitznamen: Massel. Dieser Mann war der Mutter des Mädchens schon immer etwas suspekt gewesen.

„Ab und an hat sie kleine Schwierigkeiten, im Moment steht sie mit Mathe auf Kriegsfuß."

„Ach...", er machte eine wegwerfende Handbewegung, „...sie ist doch ein hübsches gescheites Mädchen, sie bekommt das schon hin."
Alle lachten.

„Das stimmt", sagte ihr Vater. „Sie erklärt mir manchmal Dinge, von denen ich nicht einmal wusste, dass sie das schon weiß."

Zum Ende vereinbarten die Schwestern, dass das Kind bei den Verwandten übernachten könne. Und auch Marcel blieb, da er sich mit seiner Lebensgefährtin gestritten hatte. Das Mädchen hing sehr an ihrer Tante und von daher hatte keiner etwas dagegen. Die Frauen verabschiedeten sich mit einer Umarmung.

„Ich hole die Kleine gegen acht Uhr ab. Oder hast du etwas dagegen?"

Ihre Schwester schüttelte den Kopf. „Absolut nicht."

Die Männer nickten sich zum Abschied lediglich zu. Das Mädchen umarmte seine Eltern und ging dann mit Tante, Onkel und Marcel in Richtung deren Wohnung. Nachdem die Mutter ihrer Tochter noch ihre Schlafsachen vorbeigebracht hatte, machte diese sich für das Zubettgehen fertig.

„Soll ich dir noch etwas vorlesen?", fragte der Onkel zur Verwunderung der Tante.

„Au ja", rief das Mädchen erfreut aus.

Er lächelte. Die beiden hatten selber keine Kinder, und so war die Kleine ein Ersatz für das, was sich die Tante sehnlichst wünschte und was nie in Erfüllung gehen würde. Denn die Tante war unfruchtbar. Ihn störte das weniger. Er teilte ihr zu Beginn ihrer Beziehung mit, dass er keine Kinder wolle. Umso erstaunter war sie jetzt über das plötzliche Interesse an seiner Nichte. Und während seine Frau noch ein wenig Hausarbeit zu erledigen hatte, ging er mit dem Kind in das Gästezimmer. Doch war es der Kumpel, der wenig später noch einmal bei dem Mädchen vorbeischaute.

Alles fing ganz harmlos an. Die Mutter des Mädchens hatte zwei ihrer Lieblingsbücher mitgegeben. Er setzte sich an den Rand des Bettes und begann zu lesen. Als er zu Ende gelesen hatte, wollte er aufstehen, doch das Mädchen hielt ihn zurück.

„Bleibst du noch ein bisschen, nur bis ich eingeschlafen bin?" Er überlegte kurz.

„Bitte", bat sie.

Ein Prickeln ging durch seinen Körper. Sie war so hübsch. Er durfte das nicht. *Sie ist doch ein Kind*, dachte er. Doch sie blickte ihn traurig an.

„Ok, ich bleibe noch kurz", versprach er und setzte sich neben die Kleine.

Das Mädchen setzte sich und umarmte ihn.

„Danke, ich habe dich ganz doll lieb."

„Ich habe dich auch lieb", sagte er.

Das Mädchen lächelte, als er sich zu ihr legte. Das Kind legte sich in seinen Arm und kuschelte sich an ihn. Wieder durchströmte ihn dieses warme Gefühl. Und er merkte noch etwas, und das war der Moment, in dem er sich vor sich selber ekelte. Er ekelte sich davor, dass sein Penis steif wurde, doch auf eine perverse Art und Weise erregte ihn das noch mehr. Er schob seine Hand unter ihr Nachthemd und küsste sie. Erschrocken blickte das Mädchen ihn an.

„Was tust du da?"

Er hatte nicht gemerkt, wie sie das Zimmer betreten hatte. Er wich zurück.

„Er hat seine Hand an meine Mumu gemacht", sagte das Mädchen zu seiner Tante.

„Ich hab es gesehen. Das darfst du aber keinem erzählen", erwiderte sie, dann blickte sie ihn an und deutete auf die Tür.

„Raus hier. Raus aus dieser Wohnung. Und dass du dich ja nicht mehr in ihre Nähe begibst, DU MONSTER!"

Als er aufstand, machte er alles noch schlimmer. „Es ist nicht so, wie es aussieht", versuchte er es und dann bemerkte er ihren Blick, der auf seinem Schritt lag.

Kapitel 2

Pressekonferenz der Polizei

Die Nacht brach über die Stadt hinein, eine Stadt, die niemals schlief. Auch heute trieben sich wieder Sexualstraftäter, Mörder, Erpresser und andere Kriminelle herum, die nur auf ihre Chance warteten, zuzuschlagen. Ein besonders kritischer Fall ging derzeit durch die Medien, denn seit einigen Wochen verschwanden junge attraktive Frauen. Bis jetzt wurde keine von ihnen aufgefunden, aber es gab keinerlei Zweifel, dass es sich um ein und denselben Täter handelte.

Alle Frauen wiesen eine entscheidende Gemeinsamkeit auf: Ihr fast identisches Aussehen! Nina Sommer, Journalistin des Leipziger Tageskuriers, schrieb über den Fall, doch dass es bis heute keine heiße Spur gab, konnte die junge Frau einfach nicht verstehen.

Sie machte sich nach ihrer Arbeit auf den Weg in Richtung Polizeirevier, jedoch nicht, um nach neuen Informationen bezüglich des Falles zu fragen, denn da würde sie sowieso nur enttäuscht werden. Sie wollte Teil des Teams sein, des Falles und des Artikels, den sie in einem zweiten Teil vollenden wollte. Sie meinte genau zu wissen, dass kaum ein anderer Journalist, der in dem brisanten Fall berichtete, so intensiv beteiligt war wie sie.

Das für den Fall zuständige Polizeirevier liegt etwa dreißig Minuten von Nina Sommers Wohnung entfernt, mit dem Fahrrad kaum der Rede wert. Vorbei an der Grundschule, in der wohl die meisten Kinder aus ihrem Block unterrichtet wurden. Vorbei an dem Park, in denen ihr schon zur frühen Stunde die verrückten Sportler mit ihren MP3-Playern entgegenkamen. Sie liebte diese Stadt, die nicht nur irgendeine von vielen war, nein, diese Stadt, Leipzig, war ihr Zuhause, und das auf unbestimmte Zeit.

Als sie das Fahrrad an eines der Fahrradständer vor dem Gebäude anschloss, wehte ein eisiger Wind durch ihr schulterlanges haselnussbraunes Haar. „Polizeidirektion Abteilung Kriminalpolizei" stand auf einem Schild am Gebäude. Hier war sie richtig. Ein Beamter kam ihr entgegen, der gerade auf dem Weg zum Parkplatz war.

„Können Sie mir helfen?", fragte sie den Polizisten, welcher schon seine Autoschlüssel in der Hand hielt. „Ich möchte zu Herrn Schröder, ist er noch im Haus?"

„Ja", sagte er, „die dritte Tür rechts." Dann war er bereits weitergegangen. Mit einer knallroten Handtasche bewaffnet, machte sich die Frau auf den Weg zum Büro von Niklas Schröder. Sie wollte gerade den Türknopf betätigen, als ein großer schlanker Mann in den Vierzigern hinter ihr stand. „Wollen Sie zu mir?"

Sie drehte sich um. „Wenn Sie Herr Schröder sind, dann ja. Ich bin Nina Sommer vom Leipziger Tageskurier."

„Ich weiß, wer Sie sind", sagte Schröder in einem scharfen Tonfall. „Sie sind mit unseren Ermittlungen nicht zufrieden, das konnte ich aus Ihrem letzten Artikel rauslesen".

Sie schluckte.

„Hoffen Sie auf weitere Informationen zu diesem Fall, wenn Sie hier aufschlagen?"

Die junge Journalistin zögerte kurz, fand dann aber doch recht schnell die Fassung wieder. „Nein", meinte sie, „ich bin hier, um Ihnen bei diesem Fall zu helfen."

Schröder schmunzelte. „Sie? Ich möchte auf keinen Fall unhöflich wirken, aber jeder sollte das machen, was er am besten kann und unsere Aufgabe ist es, den Fall zu lösen. Ihre, ein paar lächerliche Worte für ein Käseblatt zusammenzustellen."

Sie blickte ihn an wie ein geprügelter Hund. Er deutete zur Tür und begleitete die Journalistin nach draußen. Doch was glaubte sie? Hatte sie ernsthaft gedacht, dass sie bei der Kripo hereinspaziert und mit offenen Armen empfangen würde? Zumal sie kurz vorher erst wieder negativ über die Arbeit der Ermittler in ihrer Kolumne berichtet hatte.

Nina arbeitete noch gar nicht so lange für das Tagesblatt, dennoch: hinter die Kulissen zu schauen und das letzte Quäntchen Wahrheit aus den Leuten zu holen, das war das, was sie seit ihrem Studium wollte und weshalb sie sich für diesen Beruf entschieden hatte. Ihr damaliger Mentor an der SFU Berlin meinte einmal, dass sie den nötigen Ehrgeiz hätte es bis nach ganz oben zu schaffen, auch bei der Berliner Tageszeitung. Diese Worte begleiteten sie seit diesem Tag und gaben ihr bei allem, was sie tat, das nötige Selbstvertrauen. Doch durch ihre Art hatte sie es weder in dem Ort in dem sie aufgewachsen war, noch in Berlin, geschweige denn hier in Leipzig leicht gehabt Anschluss zu finden. Es waren nur leichte Freundschaften die sie schließen konnte, welche jedoch schnell kaputtgingen.

Kapitel 3
Heute

Er wollte nur noch sterben und das so schnell wie möglich. Das Blut rann aus der Wunde wie ein kleiner Bachlauf. Er quälte sich vor Schmerz, doch tat er gar nichts dergleichen die Blutung zu stoppen. Er hatte damit abgeschlossen.
Mit sich.
Für immer.
Es war nur noch eine Frage der Zeit, bis die Beamten eintreffen würden, doch ob er dann noch lebte, war fragwürdig. Zu groß klaffte die Wunde in seinem Intimbereich.

Möglicherweise verlor er sogar noch den Verstand, bevor es zu Ende sein würde.

Zumindest das, was davon übriggeblieben war.

Später würde man in den Medien seine Taten als menschenverachtend betiteln. Dabei wollte er nur eins: Zuneigung.

Das junge Mädchen, welches über Wochen und Monate von ihm sexuell misshandelt wurde, hatte jegliche weibliche Züge verloren. Schmutzig und mit Spuren der Gewalt übersät, mit denen ihr Peiniger sie gezeichnet hatte, kauerte sie in einem kleinen modrig riechenden Raum, welcher an einen alten Keller erinnerte. Zweimal pro Tag wurde das Mädchen von ihm mit Nahrung, bestehend aus zwei Scheiben Brot und einem Glas Wasser versorgt. Doch nachdem er die Lust an ihr verloren hatte, war sie froh über jeden Tropfen Flüssigkeit und jeden Krümel, den er sich erbarmte ihr zu geben. Aber es gab noch eine viel bittere Wahrheit: sie war nicht die Einzige. Sie war eine von vielen.

Man könnte meinen, dass er junge attraktive Frauen sammelte, wie andere Briefmarken oder Bücher eines bestimmten Autors. Doch dienten diese nur als Mittel zum Zweck. Danach warf er sie weg wie Müll, so als ob sie vollkommen wertlos wären.

Keiner wusste von seinem kranken Spiel, und wenn es nach ihm ginge, sollte sich daran auch nichts ändern.

Nachdem er seine Familie aufgegeben hatte, machte er sich aus dem Staub. Neuer Job, neues Aussehen. Er hatte sich bei einem namhaften Schönheitschirurgen unters Messer gelegt. Zu guter Letzt ein neuer Name. Doch die Gedanken lassen sich nicht so einfach ändern wie das Profil, denn sein Verlangen nach jungen unverbrauchten Frauen wurde von Tag zu Tag größer.

Fotograf, das ist es, was er gelernt hat. Die letzten Jahre hatte er in einer vollkommen anderen Branche gearbeitet, doch jetzt war dieser Beruf für ihn passender denn je. Eingemietet in einem Künstlerhaus im Stadtteil Leutzsch, konnte er nach Belieben und ohne sich rechtfertigen zu müssen seine Triebe ausleben.

Kapitel 4

Damals

Die Flucht

Das Telefon der Leipziger Polizei klingelte. Am anderen Ende der Leitung war die Stimme einer um Fassung ringenden Frau zu hören, deren Schluchzen Böses erahnen ließ. Kommissarin Katja Fuchs versuchte die Frau zu beruhigen. Als jeglicher Versuch scheiterte, beschloss Katja, die Frau in ihrer Wohnung in Leipzig Leutzsch zu besuchen. Das Wenige, was sie in dem Telefonat in Erfahrung bringen konnte war, dass ihre Tochter verschwunden war. Der Anblick eines Streifenwagens wäre in der Gegend sowieso nichts Besonderes.

Am gewünschten Ziel angekommen, stieg die Kommissarin aus dem Wagen und ging auf das Hochhaus zu. Schnell fand sie die richtige Klingel und betätigte sie. Dann brummte auch schon der Türöffner und sie wurde in das Innere des Gebäudes gelassen. Als sie im richtigen Stockwerk angekommen war, wurde sie auch schon von der Anruferin erwartet.

„Guten Tag Frau Mahler, sie sind die Mutter von der Vermissten?", begrüßte sie Katja.

„Guten Tag, ja, sie ist seit gestern nicht mehr nach Hause gekommen, ich mache mir große Sorgen".

Das kann ich gut verstehen, dachte sich die Beamtin, ohne es auszusprechen. „Können wir uns vielleicht drinnen weiter unterhalten?", wollte sie wissen. Man konnte aus ihren Augen lesen, wie groß die Angst um ihre Tochter war. Frau Mahler bat die Ermittlerin einzutreten. Die Wohnung war nicht groß, dafür aber gemütlich eingerichtet. An der Wand hingen Fotos von der Familie, und als sie genauer hinsah konnte sie sogar erkennen, dass alle Bilder chronologisch sortiert waren und man das Leben des verschwundenen Mädchens von Geburt an verfolgen konnte. Und noch etwas fiel der Polizistin auf, sie sah den anderen verschwundenen Frauen zum Verwechseln ähnlich.

„Darf ich Ihnen etwas anbieten?", fragte sie die Kommissarin, die immer noch gebannt auf die Fotos schaute.

„Nein, danke."

„Hat Ihre Tochter noch etwas gesagt? Vielleicht wo sie hinwollte?"

Keine Reaktion. Die Ermittlerin versuchte es weiter. „Hat Ihre Tochter Freunde bei denen sie sein könnte?" Erneut schüttelte Frau Mahler nur traurig den Kopf.

Mit etwas mehr Nachdruck und einer Dringlichkeit in der Stimme, setzte Katja Fuchs zu einem weiteren Versuch an, mehr von der Mutter der Verschwundenen zu erfahren.

„Arbeitet ihre Tochter? Hat sie vielleicht Kollegen bei denen sie untergekommen ist?"

„Nein, mein Kind war schon immer eine Einzelgängerin gewesen. Sie hat vor einem Jahr die Schule abgeschlossen und hatte bis vor wenigen Tagen versucht eine Lehrstelle zu bekommen. Doch bisher hatte sie nur Absagen bekommen. Ich bin die einzige Person, die sie noch hat."

„Was ist mit ihrem Vater oder anderen Verwandten?", fragte die Kommissarin.

„Ihr Vater ist ein riesiges Arschloch, niemals würde sie zu ihm gehen, eher würde sie sich bei lebendigem Leibe verbrennen lassen", erwiderte Frau Mahler. Dabei funkelten ihre Augen nur so vor Zorn.

„Darf ich fragen was zwischen Ihrer Tochter und dem Vater vorgefallen ist, dass Sie so voller Hass über ihn sprechen? Hatten die beiden so ein schlechtes Verhältnis zueinander?" Als die

Beamtin merkte, dass sie einen Nerv getroffen hatte, versuchte sie es weiter: „Was ist zwischen den beiden vorgefallen?"

„Sie haben sich gehasst!", schrie die Mutter der Vermissten.

„Können Sie mir verraten, warum?"

„Er hatte sie in der Vergangenheit mehrfach geschlagen und verprügelt", rückte sie endlich mit der Sprache raus. Katja hatte das Gefühl, dass da noch mehr war, sie hatte es in den Augen der Frau gesehen. Es schien nicht bei Schlägen geblieben zu sein.

„Haben Sie Ihren Mann angezeigt?", wollte sie wissen.

Sie schüttelte den Kopf. „Exmann- und nein, er hätte uns beide umgebracht."

„Wie kommen Sie darauf?"

„Ich weiß es einfach." Man spürte, dass es ihr deutlich unangenehm war darüber zu sprechen, aber darauf konnte Katja Fuchs keine Rücksicht nehmen. „Ich muss Sie das jetzt fragen. Ist es über Schläge hinausgegangen? Hat er Ihre Tochter angefasst?"

„Nein", antwortete sie.

Die Ermittlerin wusste, dass sie mehr nicht aus ihr herausbekommen würde. Sie notierte sich den Namen des Ex-Mannes sowie seine Adresse. Darauf verabschiedete sich Katja Fuchs bei der Frau und machte sich mit einem Foto, um das sie die Mutter dann noch bat, auf den Weg in Richtung Polizeidirektion.

Schröder wartete schon auf die Kommissarin, doch neue Informationen, die sie in diesem Fall weiterbringen würden, konnte leider auch sie nicht liefern.

„Die Mutter hat also keine Idee, wo sich ihre minderjährige Tochter aufhalten könnte", wiederholte Schröder das, was er gerade von seiner Kollegin in Erfahrung gebracht hatte und spazierte dabei in seinem Büro, mit einem Lineal in der Hand, auf und ab.

„Überprüfe auch den Vater", fügte er hinzu. „Und warte hier auf mich, ich bin gleich wieder zurück."

Schröder öffnete die Tür zum Gang und streckte seinen Kopf raus. Dann schob er seinen restlichen Körper hinterher. Zu mancher Tageszeit brauchte man sich gar nicht die Mühe zu machen an den Kaffeeautomaten zu laufen, da dieser mit Kollegen restlos überfüllt war. Doch jetzt schienen sich alle brav an ihren Arbeitsplätzen zu befinden. *So soll es sein*, dachte sich Schröder und spazierte nun zu dem großen schwarzen Kasten, welcher ihm gleich mehrere Sorten an Kaffeevarianten anbot. Doch wer den Kommissar kannte, der wusste, dass dieser seinen Kaffee nur schwarz und mit viel Zucker trank.

Auf dem Rückweg zum Büro kam ihm Hartmann entgegen.

„Und?" Schröder zuckte mit den Schultern, nippte an seinem Kaffee und sagte: „Wir haben nichts."

„Haben Sie vielleicht eine Vermutung?"

„Allerdings", antwortete der Hauptkommissar, nachdem er ein weiteres Mal am Becher nippte. „Doch es ist noch nicht spruchreif."

Hartmann legte seine Hand auf Schröders Schulter, so als ob er ihn festhalten wollte.

„Keine Alleingänge, Herr Hauptkommissar", warnte er, weil er ihn kannte.

Dieser nickte, obwohl er genau wusste, dass er sich sowieso nicht daran halten würde. Keine zwei Sekunden später löste Hartmann seinen Griff und ging weiter in die entgegengesetzte Richtung.

Als Schröder wieder die Tür zu seinem Büro öffnete, stand Katja Fuchs noch immer dort, wo er sie zurückgelassen hatte.

„Dann können wir ja weitermachen", meinte diese und setzte sich nun auf einen der Stühle. „Ich wollte dich eben schon was fragen", begann sie. „Diese eine Journalistin war bei dir, habe ich gehört. Was wollte die?"

Er winkte schmunzelnd ab. „Sie wollte am Fall mitarbeiten", sagte er mehr beiläufig.

„Bitte was? Wie kommt die denn auf sowas?"

„Keine Ahnung", meinte er nur und bewegte sich mit Kaffee in der Hand zu einem der Fenster. Gedankenverloren blickte er nach draußen.

„Was hast du ihr gesagt?", riss sie ihn aus seinen Gedanken.

„Dass sie lieber an ihren Käseblättern schreiben soll."

Katja verdrehte die Augen. „Sie konnte doch nicht wissen, dass so etwas nicht geht, sei doch nicht immer so hart", warf sie ihm vor.

„Ich bin nicht hart. Außerdem ist diese Frau in meinen Augen einfach nur karrieregeil, früher waren die Rollenbilder von Mann und Frau klar verteilt."

„Sag mal, was soll denn das, nur weil eine Frau Karriere machen will, heißt das nicht, dass man so mit ihr umspringen muss."

So war es nun auch wieder nicht gemeint, dachte er sich, ohne es vor seiner Kollegin auszusprechen. Sie hasste es, wenn er mit dieser frauenfeindlichen Art um die Ecke kam. Hoffentlich ließ sich in der Hinsicht Lilly nicht zu sehr beeinflussen.

Lilly war seine pubertierende Tochter, die er seit der Trennung von seiner ehemaligen Lebensgefährtin alleine großzog. Er hatte Katja nie wirklich erzählt, warum es damals zur Trennung gekommen war. Er meinte immer nur, wenn der richtige Zeitpunkt käme, würde sie es erfahren. Schröder versuchte sein Privatleben so gut es nur irgend ging von seinem Job zu trennen, und da waren Gespräche über seine Tochter beziehungsweise Ex in seinen Augen unangebracht.

Presseartikel

LEIPZIGER TAGESKURIER
„Junge Frau verschwunden – Wiederholungstat nicht auszuschließen"

23. Oktober 2015, Nina Sommer

Wiederholt wurde eine junge Frau (17 Jahre) verschleppt. Franziska M., ein Mädchen, das den anderen verschwundenen Frauen zum Verwechseln ähnlichsieht. Es ist davon auszugehen, dass es sich hierbei um denselben Entführer der anderen Frauen handelt. Die Polizei sucht mit Hochdruck nach dem Täter, jedoch ohne eine heiße Spur. Wie viele Frauen soll er denn noch entführen, bis er endlich gestellt wird? Und was geschieht mit ihnen.

Kapitel 5
Franziska, zwei Wochen nach ihrem Verschwinden.
Das junge Mädchen hatte seit ihrer Flucht aus ihrem bisherigen Leben keinen Kontakt mehr zu Freunden und Familie aufgenommen. Sie wollte nicht von irgendwem überredet werden wieder zurückzukommen oder irgendwelche Ratschläge

erhalten. Auch wollte sie sich nicht anhören, dass es kein guter Plan sei. Was für einen Plan hat sie denn? Und dass sie auch an die anderen, an ihre Familie denken sollte. Nein, es ging nicht um die anderen, hier ging es nur um sie. Sie wusste nicht genau, ob sie einfach nur paranoid oder ob ihre Angst begründet war. Ihr war schnell klar, dass die jungen Frauen, die in den letzten Wochen verschwunden waren, eines mit ihr gemeinsam hatten. Sie alle sahen ihr ähnlich. Und sie wusste, dass er auch sie im Visier hatte. Man merkte der jungen Frau die Entschlossenheit an, mit der sie an diese Sache heranging. Doch war das wirklich eine gute Idee? Entschlossenheit für was?

Sie machte sich auf den Weg von einer spärlich eingerichteten Unterkunft zu ihrem neuen Job. Für die nächsten Wochen und Monate würde das hier erst einmal ihr Zuhause sein, denn mehr war derzeit finanziell sowieso nicht drin. Ihr gesamtes Erspartes hatte sie mit auf ihre Flucht genommen. Sie wollte keine digitalen Spuren hinterlassen, also hatte sie das gesamte Geld in bar in eine alte Sporttasche gepackt und im Safe des heruntergekommenen Motels verstaut. Wenn sie das Zimmer verließ, trug sie eine Perücke,

Kontaktlinsen und Kleidung, die sie in ihrem alten Leben nie getragen hätte. Es war achtzehn Uhr. Wie jeden Abend um diese Zeit, machte sie sich freizügig gekleidet auf ins „Apollo", eine Erlebniskneipe, die von dem Anführer einer Motorradgang geleitet wurde, wo sie als Barfrau und Tänzerin agierte, um sich ihren Lebensunterhalt zu verdienen, denn ihr war klar, dass ihr Erspartes nicht lange reichen würde.

Seit zwei Wochen arbeitete sie jetzt hier und musste sich schnell damit abfinden, dass sie sich von betrunkenen Gästen befummeln lassen musste. Mit dem roten Paillettenkleid und dem extrem weiten Ausschnitt wirkte sie auf die Besucher wie eine Frau, die für alles zu haben war. Die anderen Tänzerinnen, deren Haut im harschen Neonlicht in Rot, Blau und Violett schimmerten, waren es dagegen gewohnt angefasst und mit vulgären Ausdrücken attackiert zu werden, von denen die meisten der Frauen eh kein Wort verstanden.

Der Inhaber des Lokals war ein polizeilich bekannter, schmieriger Mann, den alle nur Jamie den „Frauenmacher" nannten, dem es sogar egal war, ob die Mädchen, die bei ihm an der Stange tanzten, minderjährig waren oder nicht, solange sie die Kundschaft bei Laune hielten. Nur allzu oft mussten sie bei diesem Typen noch Sonderschichten zu seinem eigenen Vergnügen einlegen, ob sie wollten oder nicht. Die meisten seiner Angestellten konnte er damit erpressen, dass sie illegal in diesem Land waren, aber bei seiner neuen Tänzerin war es schwieriger gewesen. Bei ihr musste er mit Gewalt vorgehen.

Auch am gestrigen Abend war es wieder soweit. Noch nach Ende ihrer eigentlichen Schicht öffnete er die Tür, welche mit dem Schild „PRIVAT" versehen war. Sie saß schon auf dem Bett. Ihr Blick sagte mehr als tausend Worte. Es widerstrebte ihr, aber er hatte ihr gesagt, sie solle noch einmal zu ihm kommen und sie wusste mittlerweile genau, was das bedeutete. Er grinste, zog sich schnell die Schuhe, ein Shirt mit einem Totenkopfaufdruck und zuletzt die Jeans von seinem tätowierten und durchtrainierten Körper.
Bis auf Slip und BH hatte sie sich schon für ihn entkleidet. Die ersten Male war er beinahe ausgerastet, weil sie noch angezogen war, doch konnte er sich im letzten Moment noch fangen. Was für ein widerlicher Kerl. Er zog sich seine Shorts runter und legte sich zu ihr. Ihr Blick war

gequält. Es dauerte etwa zwanzig Minuten, dann war alles vorbei. Zumindest für ihn. Bereits nach dem ersten Mal wurde sie von Albträumen verfolgt. Hinzu kamen Schlafstörungen, Depressionen und Angstzustände. Und er? Er packte seinen kleinen Freund einfach wieder zurück in die Hose und tat so, als ob nichts gewesen wäre.

Er widerte sie an. Sie hatte das Gefühl schreien zu müssen, doch kein Laut kam heraus. So erging es ihr jedes Mal. Manchmal war die Angst so groß, dass sie das Gefühl hatte, jemand würde ihre Kehle zuschnüren. Widerstand brauchte sie nicht leisten, denn die Konsequenzen wären alles andere als rosig. Es sollte der letzte Abend für Franziska in dieser Bar sein. Sie wollte nur noch weg von hier und nie mehr an diesen Ort zurückkehren. Nach ihrer Flucht hatte sie immer und immer wieder mit dem Gedanken gespielt, Kontakt mit ihrer Mutter aufzunehmen, alleine um sie zu beruhigen und ihr zu versichern, dass sie sich nicht in den Fängen des gesuchten Mannes befand. Doch hatte sie nicht den Mut das Gespräch mit ihr zu suchen. Ihr Entschluss stand fest, sie wollte kündigen. Vielleicht würde sie sich auf ein Inserat bewerben, welches sie im Anzeigenteil einer Leipziger Zeitung gefunden hatte.

Als sie, wie jeden Abend, die Gäste bediente, wurde sie das Gefühl nicht los, dass er hier war. Ein Mann, der sie wenige Tage zuvor zu sich ins Auto locken und mitnehmen wollte. Er war ein alter, komischer Typ, der permanent nach Alkohol stank und ihr absolut nicht geheuer war. Die Art und Weise, wie er mit ihr gesprochen und zu überreden versucht hatte mit ihm zu fahren, hatte sie so geängstigt, dass in ihr die paranoide Furcht gewachsen war, ihn unter der Kundschaft zu entdecken. Denn er hatte durchaus wie das typische Klientel gewirkt, das täglich durch diese Türen ein und ausging. Doch ihre Gedanken kreisten noch um etwas ganz anderes.

Wie sollte sie ihrem Chef erklären, dass sie nicht länger hier arbeiten würde? Er ließ nicht gerne Mädchen gehen. Zum einen, weil seine Kundschaft, vor allem aber seine Stammgäste, nur wegen bestimmten Damen kamen. Und seit sie wussten, dass eine junge attraktive und deutsche junge Frau hier arbeitete, kamen noch mehr Gäste, die auch gern mal das Doppelte für sie zahlten. Vor allem die ältere Generation, die nicht viel von

Ausländerinnen hielt, besuchte seit kurzem nur wegen ihr das Etablissement.

Es würde ihm ganz und gar nicht gefallen. Schon seine anderen Weiber ließ er nur ungern gehen. Doch bei denen hatte es einen anderen Grund. Die meisten seiner Frauen nahmen Drogen, die er ihnen besorgte und denen prügelte er einfach die Vernunft wieder ein. Und die, die dennoch gingen, wurden zum Abschied bis zur Bewusstlosigkeit zusammengeschlagen und schwerverletzt hinter irgendwelchen Müll-containern abgelegt. Auch aus diesem Grund war er für die Polizei kein Unbekannter. Doch auch wenn die Beamten öfter in seinem Laden auftauchten, als so mancher Stammgast, konnte man ihm nie etwas anhängen. Denn alle Anzeigen gegen ihn wurden zurückgezogen. Ob aus Angst vor ihm und seinen Leuten oder aus anderen Gründen, konnte keiner sagen. Doch wie würde er auf ihre Kündigung reagieren?

3 Tage später…

Franziska beschloss einen Zettel mit einer Nachricht zu hinterlegen, um den Zorn des Barinhabers, der auch Puffbesitzers war, nicht am eigenen Leib erfahren zu müssen. Wenn er nicht so ein menschliches Arschloch wäre, würde sie es ihm auch persönlich mitteilen. Doch alles, was sie von den anderen Mädchen gehört hatte, war alles andere als positiv. Ihr reichten schon die eigenen Erfahrungen mit ihm. Außer der Bar, dem „Apollo", gehörten ihm noch drei weitere Bordelle, welche wohl in ganz Leipzig verteilt sein mussten. „Das Rubin", „Pärchen 18" und seit kurzem auch das „Täubchen 38".

Auf den ersten Blick wirkte das Lokal wie eine einfache Dartkneipe. Nur Insider wussten, was im hinteren Bereich abging, nämlich Table-Dance und Prostitution.

Auf den Weg ins Motel kam ihr Jamie entgegen. Aber entweder hatte er sie nicht gesehen oder es war ihm egal. *Wenn der wüsste, was ihn in seinem „Büro" erwartete*, dachte sich das Mädchen, doch jetzt war es ihr egal. Sie machte sich um die Konsequenzen nun keine Gedanken mehr.

Danksagung

Ich möchte mich bei folgenden Personen
bedanken:
Romy, Sarah, meinen Testlesern,
Oliver und Sabrina Walbach und allen,
die ich vergessen habe.

FSC
www.fsc.org

MIX

Papier aus ver-
antwortungsvollen
Quellen
Paper from
responsible sources

FSC® C105338